Illustration／KATSUMI ASANAMI

プラチナ文庫
Platinum Label

つる草の封淫

沙野風結子

"Tsurukusa no Fuuin"
presented by Fuyuko Sano

プランタン出版

イラスト／朝南かつみ

目次

※本作品の内容はすべてフィクションです。

序幕　姫駕籠

　びょうと吹き下ろした風が水上を走り、街道沿いの松の木々を啼《な》かせた。その音《ね》を駕籠《かご》のなかで耳にした葛《かづら》は、東海道《とうかいどう》が久方《ひさかた》ぶりに海に面したのを朧《おぼろ》な意識で知る。

　担ぎ手たちの足運びが緩み、内臓を奥底から掻《か》きまわす振動がいくらかやわらぐ。

　駕籠が地に置かれて黒塗りの引き戸が外から開かれたとき、葛は袴《はかま》の裾を乱して畳敷きの狭い床に蹲《うずくま》っていた。俯《うつむ》いた顔は冷たい汗にしとどに濡れ、布を噛《か》んだ唇は蒼褪《あおざ》めている。

「舞坂《まいさか》の宿《しゅく》に着きましたぞ。藤爾様《ふじちかさま》」

　なだらかな男の声音に藤爾と呼ばれて、すぐには反応できなかった。

「藤爾様」

　ゆっくりともう一度繰り返されて、ああ自分のことだった、と思い出す。

　月室《つきむろ》藤爾。四日前に江戸《えど》で初めて顔を合わせた、葛と瓜ふたつの十六歳の少年だ。

　葛は虚《うつ》ろに胸で呟《つぶや》く。

　──姿かたちがよう似ていても、あちらは藩主の子息……俺は生まれながらの、道具。

　立てた前髪の下でのろのろと目を上げれば、端整な面立《おもだ》ちの男が白い眉の根を寄せて、いくぶん心配そうに様子を窺《うかが》っていた。窺っているといっても、その双眸《そうぼう》は瞼《まぶた》で完全に閉ざされているのだが。

男——珀《はく》がそっと手を伸ばしてきた。

長い指が後頭部で結われたもとどりに軽く触れると、緩んだ元結《もとゆい》がはらりとほどけた。

「あ…」

小さく声をたてた葛の胸元へと、ほどけた黒髪が水のように流れかかる。唾液を含んで重たくなった布が口から落ちた。

「……歩けぬだろう。わしが運ぼう」

珀はそう囁くと、両のかいなで葛を抱き上げた。


その時、宿場町の往来にたまたま居合わせた者たちが思わず足を止めたのには、いくつかの理由があった。

ひとつは、少年を抱きかかえている男の総髪のまま結われた髪が、一糸の黒も灰も混ざらぬ純白であるためだった。しかし老人にしては姿勢にも歩きぶりにも鮮やかさがある。顔はと見れば三十を越すか越さぬかの、極めて整ったものときている。

そんな男が白い睫《まつげ》をまったく上げず、それでいて完全なる視覚を得ているかのように振る舞うのもまた、人々を面妖《めんよう》がらせた。

次のひとつは、抱き運ばれている少年の様子によるものだった。

武家の子息らしく上質な羽織袴に身を包んでいる彼は十代なかばといったところか、頬から頤《おとがい》の線が可憐な、それでいて凛とした印象の面立ちをしている。唇や鼻の線はやわらかいが、目元や眉のあたりには怜悧な品がある。

いまだ月代《さかやき》に刃を入れていない黒髪が血の気の失せた顔を包んでいるさまは、いとけないようにも艶《あで》やかなようにも見える。

そしていまひとつ、人々の目を引き留めたもの。

それは、少年が乗せられていた駕籠だった。

黒塗りの乗り物は、煌《きら》びやかな飾り金具がふんだんにもちいられており、姫駕籠然としていた。てっきり高貴なお姫様が乗っているものと思い込み、目の保養をしようと立ち止まった男衆も多かった。

あいにくお姫様は美童だったわけだが、それにしても、と野次馬連中のうちの幾人かは小首を傾げる。

これだけの駕籠で旅をしていながら、お付きの者が少なすぎるのだ。白髪《はくはつ》の男と、もうふたり護衛らしき帯刀《たいとう》の者がいるのみ。

一行の姿が旅籠《はたご》へと消えてから数拍ののち、往来は常のさんざめきを取り戻した。

旅籠のひと間《ま》、寝具のうえで袴を脚に絡みつかせながら、葛は珀に諸肌《もろはだ》を脱いだ上体を支えられていた。

まだ駕籠に揺られている錯覚がつきまとっているものの、身体はずいぶんと楽になった。そのせいで聴覚もいつもの力を取り戻しつつあった。壁を挟んだ隣の間でひそひそと交わされている会話が鮮明に聞こえる。

「のう、あの白髪の医者、どう思うよ」

「月室の殿がわざわざつけさせたからには、腕は確かなんじゃろう」

江戸から同行している、月室藩の家臣ふたりだ。

「これから一年におよぶ緋垣《ひがき》での人質生活を、生来病弱な藤爾様が無事に越せるかどうかは、あの医者にかかっておるからのう。腕はあるに違いない。しかし——あの目は使い物にならんのかな?」

「江戸を出てから、まだ一度も開いたのを見ておらん。おそらく見えんのじゃろう」

「それにしては、目明《めあ》きとまったく変わらぬ身のこなしをする」

薄笑いの声音が吐き捨てるように続ける。

「不気味でたまらんわ」

葛に聞こえているということは、珀にも隣室の会話は丸聞こえなはずだ。しかし彼は、まるでなにも聞こえぬかのように、葛の胴にきつく巻かれたさらしを手早くほどいていく。露《あら》わになったなだらかな胸や腹部のきめ細かな肌を、行燈《あんどん》の光がぬらぬらと舐《な》める。

　珀が気遣って訊《き》いてくれる。

「あの儀式の直後に早駕籠《はやかご》では、きつかろう？」

「……平気、です」

　葛の呼吸が跳ねがちなのは、四日前におこなった儀式のあとから発熱が治まらないためだった。

　口では平気と言ったものの、駕籠という乗り物が弱った身に障《さわ》るのは事実だ。あまりに激しく揺れるので、内臓にかなりの負担がかかる。それを和らげるためにさらしで身を補強し、衝撃で舌を噛んでしまわないように布を口に含んでいなければならない。

　ゆるりとした旅ならば駕籠を用いてもここまで大事にはならないのだが、いかんせん今回は先方によって到着日の厳守を申しつけられている急ぎの旅だった。

　——常ならば、おのれの脚で駆けたほうが、よほど楽なのに。

　実際、数日前には、珀とともに伊賀《いが》の里から江戸まで、常人が二十日ほどをかけて移動する距離をたったの五日で駆け抜けたのだ。

　それが可能なだけの鍛錬を、葛は生まれたときから積んできた。

　なにも、葛だけが特別なわけではない。伊賀の里の者たちは同じように忍《しの》びの能力を鍛えている。たとえば珀のように能力の飛び抜けて高い上忍ともなれば、さらなる特殊な術までも会得《えとく》している。

そんなわけで普段の葛ならば今回の江戸から紀伊《きい》までの道も走破できる範囲のものだったのだが、「珠写《たまうつ》しの儀」によって、葛はおのれの脚で立ち歩くことすら困難なほど弱ってしまっていた。

主に弱っているのは、肉体ではなく、精神のほうだ。

いまも、儀式のときに藤爾から写されたアレは巨大な青蟲《あおむし》のように葛の精神を蝕《むしば》みつづけている。その異様な感覚に、全身がカタカタと震える。冷たい汗が肌に滲《にじ》む。

乾いた布で肌を軽く拭《ぬぐ》われてから、夜着に着替えさせられた。褥《しとね》に横たわっていると、珀が丸薬と水を運んできてくれる。

伊賀の里に伝わる、万病に効く妙薬だ。

丸薬がふた粒、半開きになっている葛の唇に落とし込まれる。

珀は水差しをおのれの唇へと運ぶと、水を口に含んで褥へと上体を伏せた。

瞼を落としたままの顔が近づいてくるのを葛は見る。唇が重なると、かつて珀に手解《てほど》きされた衆道《しゅうどう》の閨房術《けいぼうじゅつ》のうちのひとつ、接吻の作法どおりに目を閉じた。

嚙み合うように角度を整えてから、ふたりともやわらかく唇を開く。ちょろちょろと流れ込んでくる水は、かすかに珀の味がした。それを丸薬ごと嚥下《えんか》する。

ただ水を口移しするだけの行為に、葛は目を開けることができなくなった。身体が発熱とは違う感じにぽうっと熱い。

「本来ならば、儀式の効果が定着するまで二日、三日のあいだ安静にしておらねばならぬものを――」

心痛を滲ませる珀に、葛は目を閉じたまま、ゆるい微笑を浮かべた。

「かまいませぬ。俺はただ、このためだけに造られた『珠』なのですから」

一幕　青蟲

東海道から南に反れて、ずいぶんとたつ。

陽が西に傾きかけたころ、山中の悪路へと駕籠が下ろされた。駕籠かきたちが憚《はばか》りをしに森へと踏み入っていく。

駕籠の引き戸が開けられる。葛《かづら》の力なく垂れた手首の脈を読んだ珀《はく》の顔が曇る。相変わらず容態は芳《かんば》しくなく、伊賀の妙薬を使っても熱は一向に下がらなかった。

珀が葛にした説明によれば、珠写しの儀によって月室藤爾《つきむろふじちか》から受け取ったアレに対して、葛の精神が拒絶反応を起こしているのだという。拒絶反応は大なり小なり避けられないもののなのだが、それにしても今回は例を見ないほど重いらしい。

もしこのまま定着に失敗すれば、最悪、廃人になる可能性もあると告げられていた。

――廃人、か…。

そもそも人として生を受けていない身の葛にとって、廃人という言葉自体、いまさらな感があったが。

「今宵《こよい》のうちに緋垣《ひがき》の城につきましょう。藤爾様、もうしばしのご辛抱を」

人目を気にしての丁重な言葉遣い。葛の諦念《ていねん》を読んだかのように、珀の声はいくぶん沈んでいる。

　もしかすると珀も自分と似たような諦めを胸にいだいているのかもしれないと葛は思う。

　忍びという存在は、一般の大衆からは人でない存在と見なされている。戦国の世では重宝がられた特殊の能力も、徳川《とくがわ》の治世に入って数十年たったいまとなっては「不気味でたまらんわ」と忌《い》まれるばかりだ。

　忍びという存在に未来がないことを、ほかでもない忍びたち自身が肌身で感じていた。

「う——わああ」

　ふいに男の悲鳴が上がり、珀と葛はハッとそちらに顔を向けた。

　木々の向こう、駕籠かきたちが入っていったほうだ。

　馬のいななきがすぐ近くで起こる。馬とともに新たな人の気配が忽然《こつぜん》と生じていた。

「なにごと」

　珀が袂《たもと》を翻《ひるがえ》して立ち上がる。

　葛もまた萎《な》えている身体を叱咤《しった》して、駕籠の外に這《は》い出た。

　駕籠かきたちに悲鳴を上げさせたのが、よその忍びの者かもしれないと考えたのだ。そうでなければ、葛はともかく上忍である珀までもが、近づく人馬に気づかないわけがない。

　呪術で気配を消して接近したとしか考えられなかった。

駕籠の屋根に摑まってなんとか立ち上がった葛の前に珀が立つ。珀の手には卍型の飛び道具が隠し持たれていた。葛も懐に指先を差し込み、扇子に仕込んである短刀をいつでも抜けるように構える。月室の家臣二名も抜刀した。

巨大な黒駒が、木のあいだから道に飛び出してきた。

前足を高く振り上げていななくその背には、男が乗っていた。武人らしい立派な体軀《たいく》が、赤みを帯びはじめた晩夏の夕空にくっきりと切り出される。

「ようやっとの到着か」

荒ぶる駒を力で捻《ね》じ伏《ふ》せながら、男が半嗤《はんわら》いの声を張った。

髷《まげ》も結っていない総髪が乱れ、傲岸《ごうがん》な印象の面立ちに影を落とす。その影のなか、赤錆《あかさび》色《いろ》の双眸がぎらりと光った。

――この男…。

男は家臣ふたりを馬脚で散らすと、珀の横を抜けた。

いまにも落馬しそうなほど身を倒して伸ばされた男の腕に、葛の腰は囚《とら》われる。衝撃とともに足が地から離れ、身体が宙に浮き上がった。男に抱かれるかたちで臀部《でんぶ》が鞍《くら》につく。

次の瞬間には、駒は疾走を始めていた。

黒駒は土を蹴立てて森に入ると、獣道を通り、麓《ふもと》目がけて一気に駆け下りていく。森が途切れたと思ったとたん、馬の蹄《ひづめ》が大岩を蹴った。空を飛ぶ――着地の激しい衝撃を予感

して、葛は自覚もないまま男の胸元に指をぐっと食い込ませた。

男が喉で嗤った。

腰を苦しく抱かれる。

馬が地にドッと蹄を食い込ませる直前、男は鞍から腰を浮かせた。葛もともに浮き上がる。鐙《あぶみ》を踏み締めた男の脚が激しい衝撃を吸収していく。

ふわりと、葛は鞍のうえに戻された。

「……っ、ふ」

息をついて顎《あご》を斜めに上げ——ゾッとする。

いまの跳躍で乱れ散ったのだろう葛の髪の一筋が、しっかりした陰影を刻む唇に咥《くわ》えられていた。

前方を睨んだままの男の表情は、まるで獲物を捕らえた獣のようだった。

色を深くした夕陽の朱《あけ》に染め上げられる姿はひどく禍々《まがまが》しい。

早駆けのめまぐるしい振動に、弱った葛の意識は細かく砕かれていった。


「ふ…藤爾様ぁっ!!」

森に踏み込んだ月室家の家臣ふたりは足元に広がった崖に行き当たり、息を切らせて歩《ほ》を止めた。これ以上、知らぬ土地の山林に分け入るのは無謀というものだ。しかも、とうの昔に黒駒の姿を見失っていた。

「どうするよ、のう、どうするよ」

「ああ、緋垣の城を目前にして、このようなことになろうとは――」

藩主の子息をどこの誰とも知らぬ輩《やから》に攫《さら》われたのだ。

真っ青な顔で抜き身の刀を手にしたまま、うろつきうろたえている彼らの横を、白髪の医者がすうっと通り抜けた。

「は、珀殿。この事態、どういたせばよいものか」

袂を摑み縋《すが》ってくる家臣を、閉じられたままの目が見返った。

「どうとは？」

ゆるやかに問い返されて、壮年の家臣が声を甲高くする。

「このことが月室の殿のお耳に入れば、珀殿とてただではすまされまいぞっ」

「ふむ」

わずかな身の動きで男の手から袂を抜くと、珀は崖の際に立った。岩肌を覗くように顔を伏せ、呟く。

「なれば、追うまで」

「待て、おぬし、その先は――」

その注意が聞こえたのか聞こえなかったのか、珀は地をトンと蹴った。一瞬、中空に浮いた身が、急速に落下していく。

ふたりの家臣は地に手をついて崖下を覗いた。

薄鼠色の着物を翻しながら、白髪の男が滑落《かつらく》していく……いや、違う。幻を見ているかのように、男たちは我が目を擦《こす》る。

珀は岩肌の流れを読み、草履《ぞうり》の裏で急角度の斜面を滑り降りていた。ときおり、右へ左へと跳躍して、新たな流れに乗る。

「バケモノが…」

そう口のなかで呟いたのは、どちらの家臣だったか。

珀は足裏に細かい火花を散らして岩肌を降りていきながら顎を上げた。

その閉じた目が向けられた先では、緋垣の四重の天守閣が朱く燃えていた。

——ああ、気持ちが悪い……気持ちが悪い。

薄闇のなか、煌めく緑色をした青蟲がシャクシャクと激しく葉を喰らっている。ひと葉、またひと葉と、餌食になっていく。

葉は、葛の精神だった。

　そして青蟲は、「珠写しの儀」のときに月室藤爾からもらい受けたアレ——魂の欠片《かけら》だった。

　葛は藤爾の身代わりを一年ものあいだ完璧に務めるために、藤爾の言葉遣いや所作、記憶を魂の欠片を介して写し取った。いくらよく似た身体や顔をしていても、魂が乖離《かいり》していればやはり別人のようにしか見えないものだ。それを近づけるための儀式だった。

　精神に異物が大量に流し込まれるのだから、拒絶反応が起こるのは当然のこと。魂の質の差が大きければ大きいほど、拒絶反応は激しくなる。

　そして葛と藤爾の魂は、とても遠いところに位置していた。

　隠れ里で育った忍びと藩主の子息、という落差だけではない。

　月室藤爾は特殊な教義を胸に秘めており、それを価値観の基軸《きじく》としていたのだ。しかしその教義は、闇に属する忍びの価値観とは相反するものだった。


「珠写しの儀」のために江戸の月室家の邸でふたりきりになったとき、葛と膝を付き合わせて端座した藤爾は、張り詰めた表情で口を開いた。

『わたくしには、父にも母にも世にも隠している秘密がありまする』

　秘密と聞いて後ろ暗いことかと勘繰ったが、しかし葛とよく似たかたちをした目は誇らしげに輝いている。

『それは、どのような』

訝《いぶか》しく尋ねると、毅然とした面持ちで藤爾は打ち明けた。

『わたくしは伴天連教徒《ばてれんきょうと》――切支丹《きりしたん》なのじゃ』

葛は絶句した。

伴天連教といえば、幕府によって信仰を禁じられている邪教だ。隠れ切支丹であることが知れれば、改宗するまで拷問を受けさせられる。それでも信仰を捨てなければ、死罪となる。

藤爾の魂の欠片をもらい受ければ、その伴天連の教えまでも転写されることになるのだ。大概のものを受け入れる心積もりをしてきた葛も、さすがに不安を覚えた。

藤爾が手を握り締めてくる。

『そなたは、わたくしと通じる血肉を具《そな》えておる。神の教えをともにすることもできるやもしれん――なれど、信仰はみずからが選ぶもの。そなたに押しつけとうはない』

似た容貌のはずなのに、藤爾が妙に眩しくて仕方ない。

『それに、そなたに緋垣領へ行ってもらうことも、間違うておると思うのじゃ。神から与えられた試練は、おのれで背負わねばならぬ』

なぜこうまで、藤爾の目は煌めき、その唇は美しいことを語るのか。

魂の欠片をもらえば、自分も藤爾に近づけるのだろうか。

そうなりたいという思いが自然と湧いてくる。

『藤爾様。こたびの務めを負わせてもらえなんだら、俺はすぐに毀《こわ》されてしまいます』

『毀される？』

『俺は藤爾様のために造られた道具です。必要のない道具は毀されるのが定め』

とたんに、藤爾が怒り顔になった。

『そなたには魂があろう。それを道具とは不敬じゃ』

なにに対しての不敬なのか、葛にはわからない。

『……されど、毀されるとは、いったい？』

言葉を選ばずに葛は答えた。

『殺される、と同義かと。もし藤爾様が儀式を許してくだされば、務めを終えるまでの一年、俺は生き長らえることができます』

『――その一年より先は？』

『それより先は、ござりませぬ』

『――――』

藤爾は顔を蒼くして幾度も十字を切り、伴天連教の神の名を繰り返し口にした。

そうして長い煩悶ののちに緋垣城に身代わりとして行ってくれるようにと、葛に深く頭を下げたのだった。

泣いている少年の頤《おとがい》に、葛は指をかけた。

『儀式をおこないますゆえ、しばしお目を閉じていてくだされ』

目が閉じられても、藤爾の睫の狭間からは涙が溢れつづけた。

葛は敷かれている褥へと藤爾を寝かせた。白絹の衣の裾をそっとまくる。なにもつけていない腰から下が露わになる。すんなりした脚を開かせて、そのあいだに両膝を落として座る。

藤爾が怯《おび》えを孕《はら》んだ声を出す。

『こ……これは、淫らなことでは、ないな？』

『ただの儀式です』

自分のそれと同じかたちと大きさをした性茎を、葛はうやうやしく握った。手指で筒を作り、ひび割れやすい粘土を捏ねるように、ときおり唾液を垂らして潤《うるお》しながら優しく擦っていく。

『う……う…』

肉の薄い骨盤が、苦しそうに震えている。

ふにゃふにゃだった茎が、芯を持ちだしていた。膨張したために恥皮の先から鈴口がはみ出す。その赤くて敏感なところへと、葛は舌を伸ばした。くるくると輪を描くように舐めまわし、切れ込みを縦にぞろりとなぞる。

『は――』

相変わらず涙を零したまま、藤爾は顔や首筋を痛々しいほど紅潮させた。

このような行為が初めてなのは明らかだった。性的な知識もまったくない様子だ。それほど晩生《おくて》なのは、もしかすると伴天連教徒であるせいなのかもしれない。

先端から溢れた涙の味のする蜜を、舌をくねらせて塗り拡げる。藤爾は肩をきつく竦《すく》め、両のかいなで自身の身体を砕けそうなほど抱いて堪《こら》えている。

閨房術の指南で珀に初めての口淫をほどこされたときの自分もこんなふうだったと、葛は思い出す。無垢だったころの自分を、自分で嬲《なぶ》っているかのような倒錯した昂《たか》ぶりに囚われる。

コリコリとした芯を持った茎を根元まで咥えた。先端を喉で潰せば、悲鳴めいた声を藤爾が漏らす。本能的に恥ずかしい種類の声だとわかったらしく、彼は慌てて手で口を塞いだ。

きつい唇の輪で性器を逆撫で、様子を確かめる。主の清廉な心を裏切り、そこは劣情を精一杯に示してヒクリヒクリと悦び、愛撫を求めた。その様子は、葛自身の器官にもせつない疼《うず》きをもたらす。

腫れきった茎をふたたび口に含むと、葛の下腹にもぬるつく口腔《こうこう》の幻触が生じた。息を乱しながら、口内の粘膜を小刻みに震わせ、斟酌《しんしゃく》なく吸い上げていく。

『ん……んッ』

すんなりした身体が、のたうつ。

ずっと閉じられていた藤爾の目がパッと開き、みずからの下腹に顔を埋めている葛を震える眸で見つめた。

『口を離し――そ、粗相《そそう》をして、しまうっ……』

初めて達する寸前の言葉まで、よく似ていた。葛も小水を漏らしてしまうのと勘違いして、珀に口を離してくれるように泣きながら頼んだのだ。

『あ』

藤爾の見開いたままの目から、新たな涙がぶわっと溢れた。

『あぁぁ……ぁ』

ねばつく液が口のなかに散っていく。

もがく腿を押さえつけながら、最後の一滴まで飲み干した。

これで儀式は終わりだった。あとは藤爾の種が孕んでいる情報が、葛の魂に定着するのを待てばいい。

伊賀の里の「珠」には、体液を介して相手の情報を取り込む能力がある。血液からも多少の情報は得られるが、魂の欠片が宿る精液がもっとも確実だとされている。

しかも、藤爾と葛のように近い肉体を持っている「人玉」と「珠」の関係であれば、単に情報を得るだけでなく、魂まで近づけることが可能となる……はずだった。

あの時に写された藤爾の魂が、葛の精神を侵食している。

青蟲に葉を喰いつくされたとき、果たして廃人になるのか。それとも、月室藤爾という人間そのものになるのか。

廃人になってもかまわないと思っていたものの、精神を喰らわれていく気味悪さは耐えられるものではなかった。

シャクシャク……シャクシャクシャク……シャクシャクシャクシャク……、……。

「あぁぁぁぁぁ」

すさまじい悲鳴が薄闇に轟《とどろ》く。

目が覚めたとき唇からまだ音が漏れていて、葛は自分が悲鳴を上げたことを知る。

「ふ……は…はぁ、はぁ…」

引《ひ》き攣《つ》る喉で不安定に空気を吸い込む。吸っても吸っても、楽にならない。着物のうえから胸を引っ掻く。

「ここが苦しいのか？」

声の主に、乱暴に着物の胸元をくつろげられる。

葛は重たい瞼を上げて視線を彷徨《さまよ》わせた。どうやら馬上で意識を失ったらしい。立派な造りの間に敷かれた褥に寝かされていた。開け放たれた障子から覗く外界は、日没直後の藍色に染まっていた。

視線を上げると、あの黒駒の男――二十代なかばの青年だ――が立てた片膝を抱く姿勢で、蹲るように座っていた。行燈の光に赤錆色の眸が鈍く照らされている。

「…………まさ…」

葛の唇は自然に動いた。

「――彬匡《あきまさ》…殿」

厭《いと》わしい者の名を口にするときの、芯の固い声だった。藤爾としての反応らしい。山中での初見のときに男が緋垣彬匡だと瞬間的にわかったのも、藤爾の記憶が反応したためだろう。

急ぎの旅の目的地であった、紀伊の国にある緋垣藩。

彬匡はその藩主の嗣子《しし》であり、また藤爾を緋垣領に呼び寄せた張本人だった。

今年、緋垣の藩主は一年おきの参勤のため江戸に滞在している。緋垣の直轄領は、次の春まで彬匡の天下というわけだ。

あくまで葛としては今日が初めての対面なのだが、心は嫌悪する人間に対する激しい硬化を起こしていた。

「江戸で会って以来、二年ぶりだな。藤爾」

彬匡が嗜虐《しぎやく》の表情を浮かべるのに、心がさらに硬くなる。

葛の口が藤爾として勝手に動きだす。苦しい呼吸で言葉を綴《つづ》る。

「ご静養のため国許に移られたはずが、相変わらずのご様子」

彬匡が膝頭で口を押さえて、ククク嗤う。

「俺のもの狂いは養生したところで治らんわ」

「……」

葛は眉をぐっと顰《ひそ》めた。

頭のなかで、藤爾の記憶の一部が弾《はじ》けたのだ。彬匡に関することが溢れ返る。

――そうだ。この緋垣彬匡という男は。

彬匡は二年前まで江戸にある緋垣家藩邸で暮らしており、「緋垣のもの狂い」と陰口を叩かれるほど乱行暴虐の極みを尽くしていた。

藤爾と彼は十歳も年が離れていることもあって普段の接点はほとんどなかったが、茶会など折々の行事で同席することはあった。とはいえ、彬匡の目的はただ場を荒すことのみ。

藤爾は無作法を詰《なじ》る強いまなざしを、いつも男に向けていた。

彬匡のほうも、そんな藤爾を忌々しいような嘲《あざけ》るような目つきで、瞬間、見返すことがあった。

そんななか、月室家の女中が寄席の帰りに彬匡に手籠めにされかける、という事件が起こった。女中が噂話に興じていてそれを彬匡に聞かれたのがきっかけだったらしい。藤爾の父も兄も、たかが女中ひとりのことで格上の緋垣家に抗議する必要はないと判じた。

しかし、藤爾の心は治まらなかった。彼の胸には秘めたる輝かしい教養がある。以前より、彬匡の傍若無人《ぼうじゃくぶじん》ぶりには憤りを募らせていたのだ。

そこで緋垣家をひとりで訪ねて糾弾《きゅうだん》したところ、彬匡に危うく斬り殺されかけたのだった。

その一件は公儀の耳に入り、彬匡は養生するようにと緋垣家の直轄領へと移された。大名の嗣子は江戸に留め置かれるのが基本であるから、異例の措置といえよう。

そうして顔に泥を塗られた緋垣家は、月室家が幕府に対する謀反《むほん》を企てているとの怪文書を流したのだった。

謀反嫌疑は、大名の地位を剝奪されて領地を没収される「お取り潰し」に繋《つな》がる。たとえ事実でなかったとしても、大名から一石でも多く領地を没収して天領を増やしたい幕府にしてみれば、渡りに舟だ。

月室家は、お家存続をかけた危機に直面した。

そこで月室の藩主は矜持《きょうじ》を折って緋垣家へと赴き頭を下げたのだが、緋垣の藩主はそんな怪文書など知らぬと撥ね退けた。そのうえで、条件によっては幕府に取り成してやらぬこともないと月室の藩主に持ちかけたのだった。

一族の娘が将軍の寵愛を受けているため、それだけの力を緋垣家は有していたのだ。

提示された条件は、月室藤爾を紀伊の緋垣家直轄領に一年留め置く、というものだった。

——もの狂いへの生贄というわけか……。

溢れ返る藤爾の知識や感情をなんとか整理しながら、葛は考える。

どうやら緋垣家には優れた第二子がいるらしい。

それなのに、どうして問題の多い彬匡を廃嫡しないのだろうか?

緋垣藩当主がわざわざ謀計を廻らせてまで彬匡に藤爾を与え、機嫌を取るようなことをするのは、なぜなのか?

釈然としないまま、葛は今度は自分の意思で口を開いた。

「このように捕らえて、わたくしに思うさま仕返しをなさるおつもりですか?」

彬匡は質問には答えず、膝頭から顔を離すと腰に手をやった。脇差の鞘《さや》から青光りする刀身が覗いたかと思うと、刃先は一瞬にして葛の胸元へと迫った。

トッと切っ先が落ちる。ちょうど心臓のうえに冷ややかな重さが載せられた。

このまま弱った獲物の息の根を止めることも、彬匡ならばやりかねない。それを承知で、葛は褥にモノのように横たわっていた。

「二年前のようにかしましく騒がぬのか?」

藤爾ならば真正面から抗うに違いない。

そして藤爾の代役なのだから、そうすべきなのだろう。

けれども死を目前に突きつけられて、葛のなかでは染みついた道具としての諦念が大きく膨らんでしまっていた。

次第に彬匡の顔から、嘲りという名の余裕が消えていく。苛立ちが、彼の眉をビリッと震わせた。刀の柄《つか》を握る手に力が籠もる。

葛の心臓に圧がかかり――――フッとあたりに闇が落ちた。

風もないのに行燈の灯が消えたのだ。

「油が切れたか」

舌打ちとともに、葛の胸から刀の重さが消える。

と、足音が外から生じた。見れば、藍色に沈んだ庭に人影があった。

「なにもの？」

彬匡が誰何《すいか》すると、人影が答える。

「主《あるじ》より到着がずいぶんと遅くなり、申し訳のうござりまする」

風が室内へと吹き込んできた。まるでその風が火種を運んできたかのように、消えたはずの行燈がぽうっと明るくなっていく。

庭にまで届いたほのかな光に、佇《たたず》む男の白髪が浮かび上がる。

「藤爾様の主治医、珀にございます」

湯殿の温かな湯気のなか、珀の手によって身体中を清められていく。

目的地に辿《たど》り着いて心身が安定したのか、あるいは藤爾の魂が葛の諦念に呑まれてしまったせいなのか、緋垣城の殿舎《でんしゃ》に与えられた寝所でぐっすりと休んだ葛は、唇に血の気が戻り、復調の兆《きざ》しを見せていた。

珀も安堵したらしい。

「発熱も治まってきたゆえ、この分なら写された魂もほどなく定着するはず」

内腿深くをやんわりと布で擦られて、葛は足の小指をひそかに緊張させた。舌を嚙んで、感覚を散らす。

江戸からの道中ずっと体調が悪くて身体を清めるのに珀の手を借りていたのだが、今日はことさらなまめかしい行為のように感じてしまう。

……いまから三年ほど前、葛は珀から一年かけて閨房術の手解きを受けた。

伊賀の里において、見目の優れた少年少女は忍術の一環として閨《ねや》の技を身につける。性交による快楽や恐怖に流されずに、暗殺や諜報活動を遂行するための鍛錬だ。

特に、葛のような「珠」と呼ばれる存在は、他者の血か精液を粘膜で吸収することによって情報収集をおこなうため、閨房術は必須とされている。

葛の指南役を買って出てくれたのは、珀だった。とはいえ、上忍である彼はさまざまな極秘情報を有しているため、葛に体液を渡すわけにはいかない。口淫の鍛錬の際には、途中から布を被せて精液を遮断した。

肉体を最後まで繋ぐこと以外のすべての痴戯を、葛は珀と経験した。

交合までしなかった珀の判断は正しかったのだろう。もし一線を越えていたら、元から珀を慕っていた葛は、自分を道具と割り切れなくなっていたかもしれない。

「……」

ちらとおのれの下腹を見ると、さきほどより陰茎が膨らんでいる。いつもは恥皮に隠れている粘膜じみた赤い実が覗いてしまっていた。

その恥ずかしい肉体の変化を、珀は閉じた目で把握しているに違いない。それでいてわずかも気を乱さないのは、要するに葛が性的対象でないためだ。三年前の肉体関係は、あくまで閨房術の指南の範中だった。

清められた身体を湯船に移される。

「安静にしていられなかった事情を加味しても、こたびの拒絶は酷かったのう」

袂を留めている襷《たすき》を直しながら、珀は釈然としない様子だ。

「特に思い当たる節はあらぬか?」

葛は頭を横に振り、「なにも」と嘘をつく。

拒絶反応の最大の要因であろう藤爾の信奉する教義についてだけは、珀にも告げるつもりはなかった。

葛は湯船に映る自分の顔を見つめる。

見返してくる目には、藤爾のそれが湛《たた》えていた煌めきは欠片もない。「珠写しの儀」をしたにもかかわらず、ふたりの魂は遠いままだった。

湯桁《ゆげた》の外に流れる髪を洗ってくれながら、珀が訊いてくる。

「あやつが黒駒で現れたとき素性がわかったゆえ、まさか殺《あや》めたりはせぬだろうとお前を奪わせたが——あの刀には殺気が見えた」

あの時、珀が行燈の灯を消してくれなかったら、心臓を貫かれていたかもしれない。

「葛。わしが現れなんだら、どうするつもりじゃったのだ?」

「人は道具を毀しても心を痛めませぬし、道具もまた毀されたところでなにも感じませぬ。ただ、それだけのこと」

「道具などと申すな」

葛は微笑む。

「道具だからこそ、なにも望まないでいられるのです」

もうなにも望むまいと決めていたのに、もしかしたら藤爾の煌めきを自分に写せるかもしれないなどと一瞬でも考えたのは、実に愚かな勘違いだった。激しい拒絶反応のせいで、かえっておのれが藤爾とは対極の存在なのだと思い知らされた。

——俺は、ただ『珠』としての務めを果たすまで。

命の危険のある一年間をこの城ですごしながら、珀とともに諜報活動をおこなう。そして期限が終われば毀される。

……藤爾から転写された伴天連の教えによれば、善《よ》き人は死ぬと神の御国《みくに》とやらに行くらしい。白百合の香りのする聖なる地で、永遠の幸福を約束されるのだ。

その最期の約束こそが、藤爾を清らかな煌めきに包んでいる。生来、病弱で死を近くに感じることが多かったからこそ、より信仰を篤《あつ》くしたのだろう。

——神の御国……人ではない俺には無縁か。

手の届かない光を見せつけられて、とうに諦めを知っていたはずの心がヒリヒリと乾く。

「これ以上の湯は身に障ろう」

珀に促されて、湯船から立ち上がりかけたときだった。

湯殿の引き戸が激しい音とともに開かれ、彬匡が入ってきた。彼は珀を押し退けると、ざんぶと湯船に袴の脚を突っ込んだ。葛の黒髪を手捲き、腕を高々と上げる。

頭皮が熱く痛む。湯の底で爪先立ちするかたち、葛はほの赤く染まった裸体を彬匡の目に晒《さら》させられていた。

「そろそろ抗う力は戻ったか？」

赤錆色の視線が、嫌がらせのように葛の身体を這いまわる。鍛錬を積んであるぶんだけ、本物の藤爾よりはしなやかな強さがあるのだが、彬匡は藤爾の裸を見たことがないから比べようもないだろう。

緊張に小さな粒を尖《とが》らせた胸、窪んだみぞおち、腰骨のツンとした隆起——彬匡の目が下腹で止まった。

起伏の大きい唇の端が嗤うようにめくれる。

「こんなところなぞ死んでも勃てぬような顔をしておるくせにな」

「え？　——あっ」

彬匡の厚みのある大きな手が葛の下腹へと伸ばされた。性茎の側面をツッ…と指の腹でなぞられる。

珀に身体を清められて、そこはわずかに先端を宙に持ち上げてしまっていた。彬匡の爪が恥皮の縁に掛かる。なかの実をカリッと引っ掻かれ、薄い皮をめくられる。

葛の腹部は大きく波打ち、強張《こわば》った。

珀が抑えた声で請う。

「ご無体《むたい》はおやめくださりますよう」

「なんのことだ？　目が見えぬからといって邪推がすぎるぞ」

堂々と知らぬふりを決め込んで、彬匡は性茎をピシリと指で弾いた。

「ひっ」

芯を持ちかけているものが、湯雫を散らして根元から大きく揺れた。痛みと熱い痺れがそこから全身に拡がっていく。

「う…、っ……、ぅ」

弾かれるごとに臀部に力が入り、子供っぽいやわらかみを残した双丘の丸みが浮き立つ。

「彬匡殿、藤爾様はいまだご不調の身なれば」

「不調のわりには、なかなかの躍りぶりだぞ」

腫れた性器を小刻みに弾いて躍らせながらうそぶく彬匡に、珀は辛抱強く言葉を重ねる。

「どうか、ご配慮くださりませ」

「……、……珀殿、よい」

葛は藤爾らしい口調で止めた。

「なれど…」

「――よいと、申しておる」

藤爾の代わりに、緋垣のもの狂いの腹癒《はらい》せを受ける。

それが残り一年の命であろう葛に課せられた務めであり、またいまとなってみれば葛が造られた目的そのものでもあった。

二幕　虚空蔵菩薩

「のう、葛様《かづらさま》」

羽千媛《はちひめ》の振り分け髪が、伊賀の里の谷風にさらさらと流れる。

「雪夜叉《ゆきやしゃ》様や霞《かすみ》お姉様は、帰ってこられるのじゃろうか？」

朽ち倒れた木に並んで腰をかけている水干姿《すいかん》の葛は、木洩《こも》れ日を見上げる。最近もとどりを結うようになって、少し大人になった気分だ。

「帰ってくるかもしれないし、帰ってこぬかもしれない」

里を出た「珠」が戻ってくる確率は、葛の知る限り、半々だった。

雪夜叉と霞と羽千媛と葛は、年が近いこともあって仲がいい。雪夜叉と霞と葛の三人は「珠」で、珠籠《たまかご》と称される南の森にある館で寝食をともにしている。もっとも年下で十二歳になる羽千媛は上忍として扱われており、頭領のところで養われている。

雪夜叉と霞は半年ほど前、務めのために里を出て行った。

「いまごろ、つらい目や恐い目に遭うておられはしないかの？」

「……それも洗われれば忘れてしまうこと」

生き長らえて里に戻ることができた「珠」は洗われて、務めのあいだの記憶を失う。

「珠」がおのれが誰の代用品であるかを知っていることや、外界の知識を保持していることは、望ましくないからだ。万が一にも、貴人の代用品である「珠」同士が結託して、なにかを画策することがあってはならない。

覚えていないのなら、どんなつらいことも恐ろしいことも、なかったのと同じだ。

「葛様も、いつか行ってしまわれるのじゃな……」

その時、自分は里にふたたび帰ってこられるのだろうか。考えると、胸が苦しくなる。わずかなりとも、帰れることを期待してしまっているせいだろう。

「なにやら、つらいですの」

「俺はつらくない」

本心を隠して素っ気なく言うと、羽千媛がまるで年上の女のような、ませた溜め息をついた。

「そうやって嘘をつくのは、葛様の悪いクセじゃ」

葛は幼馴染に横目を向ける。

「『珠』はモノゆえ、つらくなったりなどせぬ」

「うそうそ。だって葛様はなにかと怪我をしては痛い痛いとすぐ泣いて、珀《はく》様を困らせておったもの」

「そ、それは子供のころのことで」

昨夜、珀から閨房術の手解きを受けたことを思い出してしまう。手解きを受けはじめてからしばらくたつが、いまだに痛いの恥ずかしいのと涙して、年の離れた兄のような人を困らせている。

「とにかく、つらいというのは、そういう意味ではない。羽千媛はまだ子供だからわからぬのだ」

「羽千が子供なら、葛様も子供です」

繭玉のようなかたちの愛らしい顔に勝ち気な表情を浮かべて、羽千媛は倒木から腰を上げた。そのまま、スタスタと崖に口を開けている洞穴へと入っていく。葛も慌てて立ち上がって、あとを追った。

洞穴のなかは暗いが、葛も羽千媛も夜目は利く。

三十歩ほど歩くと、どん詰まりに着いた。

羽千媛が両手の親指と人差し指で輪を作り、中指同士の先をくっつけた。そうして虚空《こくう》蔵宝珠《ぞうほうじゅ》の印を結ぶと、鈴の鳴るような声で真言を唱えた。

「ノウボ・アキャシャ・ギャラバヤ・オン・アリキャ・ソワカ！」

声は岩壁に反響し、消えた。

洞穴の突き当たりは、高位結界になっているのだ。

昔から、世間に決して存在を知られてはならない貴人たちの代理品である「珠」、それに上忍とその近親者だけが、高位結界の内側で暮らしていた。徳川《とくがわ》の治世より前、織《お》田《だ》信《のぶ》長《なが》が伊賀攻めを仕掛けてきたときも、この洞穴の結界のお陰で、伊賀者は壊滅を免れたという。

　この智と福を具現化する虚空蔵菩薩に護られた高位結界は、上忍にしか開くことができない。下忍中忍が通るのには、上忍の導きが必要なのだ。いまも、洞穴の外側に下忍中忍、内側に上忍と「珠」、というように住み分けがなされている。

　同じ伊賀者にすら「珠」の詳細や品揃えを伏せるための措置だったが、逆の見方をすれば、結界は「珠」の逃走を阻止する檻の役目を果たしているとも言えた。

「ノウボ・アキャシャ・ギャラバヤ・オン・アリキャ・ソワカ！」

　羽千媛は諦めきれないように、幾度も印を結んでは真言を唱えた。それは声が嗄《か》れるまで続いた。少女の細い肩が悄然《しょうぜん》と落ちる。

「やっぱり、開かぬ」

「まだ羽千媛は子供なのだ。大人になれば……」

　羽千媛は生まれながらの上忍として扱われているが、どういうわけかほとんど忍術を使えない。そのことを気に病んでいるのか、ときおりひどく暗い表情を浮かべることがあった。いまのように。

　コッ。

恨めしそうに口惜しそうに、羽千媛の拳が壁を叩いた。

もう一度叩く。さらにもう一度叩く——何度目か叩いたとき、急に岩壁が水のように波打った。

壁にみるみるうちに鼻と目と口が浮かび上がったかと思うと、男が勢いよく飛び出してきた。よく見知った上忍の男、漁火《いさりび》だ。

漁火の身体とぶつかって、葛は地に尻餅をついた。漁火が抱えていた風呂敷が落ちる。

その弾みに結び目がほどけて、なかのものがごろりと葛の足の先に転がった。

「…………」

ぷぅんと、闇に血の匂いが拡がる。それと、椿油とおしろいの匂い。

漁火が慌ててそれを拾い、ふたたび風呂敷で覆った。そして洞穴の出口へと走り去る。

深い沈黙ののち、羽千媛の腰が地にすとんと落ちた。

——いまのは……。

この暗さだったけれども、見間違いではない。葛は掠《かす》れた声を絞り出す。

「かすみ」

羽千媛がわっと泣きだした。

京人形のような面立ちをした霞の、首からうえだけになってしまった姿。

それは、闇のなかで瞼を開いても閉じても、葛の目の前から消えることはなかった。

霞の身になにが起こったのか。持ち帰られた首はどうなったのか。弔《とむら》いの儀はどうするのか。

漁火に訊いても珀に訊いても、ほかの誰に訊いても、なにひとつ教えてもらえなかった。霞が殺れたということすら、誰も肯定してくれない。

あれから三日がたつが、羽千媛は寝込んでしまっていた。そんな彼女を訪ねて、葛は釈然としない胸のうちを打ち明けた。

「霞が殺れてしまったのは確かなのに、なにゆえ皆、あれほど硬く口を閉ざす？　まるで、なにか特別な隠しごとでもあるかのような…」

褥に横たわったまま、羽千媛は泣き腫らした目で葛を見た。

「特別な、というと？」

「わからぬが、なにか――」

霞の消失を嘆く感情の下で、奇妙なざわめきが絶えないのだ。自分という存在そのものに繋がっていくような。

「なにか、たとえば『珠』の大事に関するような」

「……」

羽千媛は考え込む顔をしてから、ぽつりと呟いた。

「産女《うぶめ》様に」

「え？」

「『珠』のことなら、産女様に訊くのが一番じゃ」

「そうか。産女様か」

葛は顔色を明るくした。

「いまから訪ねよう。羽千媛も参るか？」

羽千媛は大きく首を横に振って、夜具を額まで引き上げた。

「わらわは産女様が苦手じゃ」

くぐもった声が呟く。

「気持ち悪い」


産女は、高位結界のなかの奥まった場所にある、滝壺の横の社《やしろ》に住んでいる。

葛も霞も雪夜叉も、彼女によって造られた。心優しい女性《にょしょう》で、「珠」たちの訪問をいつでも快く受け入れてくれる。とはいえ、珠造りはたいへんな重労働だそうで、邪魔をしてはいけないから滅多なことでは社を訪ねぬようにと、大人たちから申し渡されていた。

社を訪ねると、産女の身の回りの世話をしている、巫女《みこ》のいでたちをした侍女たちが迎えてくれた。

板敷きの、謁見《えっけん》の間に通される。朱い和紙を貼られた障子に向かって、葛は端座した。その障子の向こうに産女がいるのだ。しかしこれまで障子が開けられたことはなく、だから葛はじかに産女を見たことがなかった。声と気配ばかりのやり取りだ。

「よく来てたもうたの、葛」

いつも綺麗でやわらかな声音なのだが、今日はいくぶん濁りが感じられた。

「産女様、お加減が悪いのですか？」

心配になって尋ねると、

「大事ない。少しばかり疲れておるだけじゃ。気遣ってくれる葛は、ほんに優しい子じゃの」

と、褒めてくれた。

産女といると、少しだけ、人が母というものにいだく気持ちを理解できるような気がする。

霞も雪夜叉も似たようなことを感じていたに違いない。産女に会えると素直に嬉しがったものだが、羽千媛だけは違っていた。

いや、彼女も幼いころは産女の社に来ては楽しそうにしていたのだが、三年ほど前からぱったりと社に足を運ばなくなった。

赤袴の侍女が、蓮《はす》の葉のかたちの盆を葛の前に置く。それには饅頭《まんじゅう》とよい香りのする茶が載っていた。いつもなら出されたとたんに頬張る饅頭に、しかし今日の葛は手を伸ばさなかった。球状のものを見ると、霞のことを思い出してしまうのだ。

葛の様子がおかしいと、産女は障子越しにもすぐに察する。

「なにか気がかりでもあるのかえ？」

「……」

腿のうえに置いた手をギュッと拳にして、葛は口を開いた。

「霞が、毀れました。首だけになって里に帰ってまいりました」

その言葉を受けて、産女が優しげな吐息をついた。

「そうじゃの。毀れてしもうたの」

霞が毀れたことを認めてくれた大人は初めてだった。

ようやっと認めてもらえた安堵感と、やはり毀れてしまったのだという哀しみに、ずっと半端に堰《せ》きとめられていた想いが一気に胸に溢れ返った。

気がついたとき、葛は声を上げて泣いていた。

「珠」は毀れる。これまでも仲間の「珠」はいくつも毀れ、そのまま帰ってこなかった。けれども、葛にとって霞はモノではなかったのだ。雪夜叉や羽千媛と同じように、大切な幼馴染だった。

そして、こんなふうに激しい感情に呑まれること自体、葛がモノではない証拠だった。自分がモノになりきれていないという事実が、いっそう葛を不幸にした。

まだ子供の細さの残る、おのが身を両手で抱く。

――俺は、モノでありたい……ただの道具でありたい。

毀される運命を当然のものとして受け入れていたいと、ずっと思ってきた。

人にはなれない。いくら術を極めたとて、ただの忍びとしては生きられない。絶対に不可能なことを望むのは惨《みじ》めだ。だから、諦めて、受け入れて、毀されるまでの時間を過ごしたかった。

いつまでも嗚咽《おえつ》を漏らしつづける葛に、産女が声をかける。

「そんなに……泣かないで……たもれ」

ひどく苦しげな切れ切れの言葉に、葛は思わず顔を上げた。朱色《あけいろ》の障子紙の向こうを見つめる。

「すぐに――もうすぐ……」

ハァハァハァと、激しい呼吸音が漏れ聞こえた。

「産女様？」

「もうすぐ……そなたに、あの子を還して……、……」

呻《うめ》き声が長く伸びて、葛はバッと立ち上がった。その弾みに、床に置かれた盆が引っ繰り返る。饅頭が床に落ち、倒れた湯飲みが板敷きの床をゴロゴロと転がった。

「産女様っ⁉　どうなされましたっ」

呻き声はいまや、縊《くび》り殺される動物のそれのようだった。尋常ならざることが起こっているのだ。

障子に飛び掛かろうとした葛を、侍女が羽交《はが》い絞《じ》めにする。

「産女様が…っ」

「これはいつものこと。社の外へ」

「されど！」

「こたびは大珠造りゆえの難産。心配はいりませぬ」

残りの侍女ふたりが小刻みに板床を蹴りながら、障子へと走り寄る。饅頭がぐしゃりと白足袋に踏み潰された。

彼女たちが右と左に障子を分け開く。その瞬間、奥の間が垣間見えたけれども、紅殻《べんがら》色の壁が見えたばかり、産女の姿を把握することはできなかった。葛は部屋から引き出され、そのまま社の観音開きの扉から外へと追われた。

目の前でバタンバタンと扉が閉じる。

扉に縋りつくと、それは焼けるように熱くなっていた。葛はアッと悲鳴を上げて退く。

結界が張られたらしく、産女の悲鳴も聞こえなくなる。のどかな午後の陽射しのなか、滝の激しく涼やかな音だけがあたりに満ちていた。

太陽が次第に西に傾き、消え、世界が藍色を帯びだす。

葛は胸騒ぎと寒気と、ある予感を抱えて、滝壺の縁にある大岩のうえに、その一部になったみたいに座っていた。

空に浮かんだ、ふくよかなかたちの月。その青白い光のうえを、夜の雲が幾度目か流れたときだった。ギィ…ィと啼きながら、社の扉が開いた。

侍女が姿を現す。彼女が扉の内側へと差し伸べた掌に、そっと白魚の指が載った。なよやかな身体つきの娘が、月明かりの下に現れる。

葛の背に戦慄《せんりつ》が走る。

覚束ない足取りで歩きだした娘は葛を見つけると、侍女の手から手を外した。そして、一歩ごとに腰からうえをぐらつかせながら、よたよたと小走りに近づいてくる。そのさまは、茎の折れきった花が強い風に煽《あお》られる姿に似ていた。

仰向く娘の、京人形のような顔が月色に染まる。

「かづら」

発音が不明瞭なのは、まだ唇も舌も造られたばかりだからなのだろう。

「ただいま……おつとめから……かえりもうしましたえ」

彼女はいびつに目を細めた。半年前に里を出て行ったときに霞が浮かべた微笑を、造られたての顔はまだ作ることができない。

ぶるぶると震える唇で、葛は問うた。

「お務めは、どのようでしたか？」

考えるときの癖、霞の眸が左上に向けられる。加減が利かない眼球は回りすぎて、白目を剝《む》いた。

しばしののち、くるりと黒目が返ってきた。霞が朦朧《もうろう》とした表情で呟く。

「おぼえて――おらぬ」

務めから生還できた珠は、務めのあいだの記憶を失う。

侍女が霞の身体を支えながら言う。

「霞殿は洗われたのじゃ。すぐに元に戻るゆえ、また仲ようするとよい」

――洗うとは、そういう意味だったのか……。

喉が震えた。

「ハ…ハハ…」

葛の笑いに、霞が小首を傾げる。

傾げた首が据わらずに、頰がぺったりと肩についた。

「ハハハハハ」

狂ったように笑いながら大岩を飛び降りると、葛はおぞましい「モノ」から逃げ出した。

そのモノたちがいる珠籠には戻れず、葛は珀の住まいへと走った。その頃には笑いは消え、恐ろしさに顔が引き攣っていた。

霞への恐怖ではない。

「珠」そのものに対する、強烈な自己否定をともなった恐怖だった。

夕餉《ゆうげ》のあとの酒を嗜《たしな》んでいた珀は閉じた目を、居室に飛び込んできた葛に向けた。

「なんぞあったのか？」

「……」

葛は珀に走り寄ると、畳に膝を打ちつけるようにして座った。そのまま、珀の首に両腕を回してしがみつく。

「葛？」

戸惑いながらも、頼れる手が腰を抱いてくれる。

忘れたかった。いましがた見たものも、知ってしまった事実も、忘れてしまいたくて、葛は男のかたちのいい耳に舌を這わせた。閨で男を誘うときに効くと、珀から教えられた方法だ。耳腔にぬちゃりと舌を差し込むと、腰に置かれた手にくっと力が入る。

しかし、その手はすぐに腰から離れて、葛の肩を摑んだ。身体を引き離される。

露わになったままくねる赤い舌に、珀は白い眉の根を寄せた。

「次の閨房術の指南は明後日じゃ」

聞こえないふりをして、葛は水干をもがき脱ぎ、単衣《ひとえ》の姿になる。そうして、首を前に伸ばし、珀の顎先を舐めた。

片膝を立てて単衣の裾を大きく乱す。わけのわからない熱に、内腿の肌はうっすらと紅色に染まっていた。もどかしく帯を緩め、胸の合わせを乱す。珀に可憐だと褒められた、淡い色の乳首を覗かせる。恐怖のために、粒は凝固していた。

「お情けをくだされ」

頭に手をやり、もとどりを結わえている紐を緩める。いく筋かの黒髪がこめかみや項《うなじ》へと垂れた。

「珀様の大きな御いちもつで、たんと掻き混ぜてやってくださりませ」

指南されたときは恥ずかしくて、どうしてもうまく言えなかった言葉が、すらすらと口から出た。

少しはなまめかしく感じてくれているらしく、珀の首筋がほのかな赤みを帯びる。

「早よう……早よう、お腹いっぱいに、珀様をくだされ」

乱れた姿で広い胸に縋る。

「――葛」

逡巡する間のあと、大人の身体の重みがかかってきて、葛は畳に仰向けに倒れた。

割れた裾から覗いてしまっている下帯へと珀が手を伸ばす。

何回か男性器を模した張り型を脚のあいだに押し込まれたことはあったが、生身のものはまだ口にしか入れたことがない。

しかも張り型は珀の性器よりもずいぶん細かったから、もしかすると不慣れな孔は毀れてしまうかもしれない。それでもかまわなかった。もっと怖い現実をいっときだけでも忘れることができるのならば。

震える睫を伏せる。ギュッと目を閉じて、しどけなく脚を開く。

「…………」

しかし、甘い刺激は訪れなかった。

裾の乱れを直されて、葛は誘惑に失敗したことを知る。それでも諦められなくて、上体を捻って男の腰に抱きついた。袴の下腹に顔を埋めると、ひどく硬い感触が頬に当たった。

明らかに欲情しているのに、珀は葛を腰から引き剝がした。

「忍びの閨房術は心のうちを冷徹にしておこなえと教えたはず。お前のそれは、ただの淫乱だ」

葛の頬はカッと赤くなる。

「い…淫乱でも、俺はいま珀様と……交合したい、っ」

「それはできん」

「なぜ？」

「感情のままに交合すれば、未熟なお前は情に溺れる」

「……」

要するに、情に溺れたら道具として使い物にならなくなるから抱かない、と言うのだ。

心が奥底から冷えて、捻じくれた。

「俺がおぞましいモノだから嫌なのでしょう」

「おぞましい？」

「おぞましいです。死した首から造りなおされるモノなど」

ハッとした顔を珀はした。

葛は身を起こして、詰め寄った。

「本当は、毀《き》されずに里に戻る『珠』などひとつもないのでしょう？　戻ってきた『珠』も皆、首を斬られて新しく造りなおされた別物」

珀の袴を両手で握り締める。

「俺と交合できぬのなら、せめて教えてくだされ。『珠』の本当のことを、俺がなにで、どうなっていくのかを……知らねば、怖くて息もできない………」

落涙する葛の震える肩を、強い腕の力が包んだ。

「霞お姉様！」

羽千媛が満面の笑みで駆け寄っていくと、霞は昔と変わらぬ笑みを浮かべる。十三歳になった羽千媛と、十七歳になった霞は、まるで実の姉妹のように仲がいい。

そんなふたりを、葛はいつも遠くから眺めている。

洗われた霞は、すぐに元の彼女のように振る舞えるようになった。里の誰も彼女を奇妙だとは思わない。葛とて以前は、戻ってきた「珠」たちのことを特におかしいと思うことはなかったのだから、自然な反応だ。

けれど、葛は真実を知ってしまった。

里を出て使用された「珠」はかならず毀される。

「珠」はあくまで一回きり使い捨ての道具なのだ。

毀されたあと、道が分かれる。

二度と使用されることがない場合と、ふたたび使用されるかもしれない場合だ。それは「人玉」側の判断に委《ゆだ》ねられる。

たとえば「人玉」の切腹の身代わりをしたり、「人玉」自体が死亡してしまったときは、もう代用品が使用される機会はない。その時は毀されたままで終わる。

そして「人玉」が存命しており、ふたたび身代わりが必要となる可能性がある場合は、

「珠」の首だけが里に持ち帰られ、毀された時点の肉体年齢で、産女によって造りなおされる。その際に任務中の記憶は洗い流される。

要するに霞は、いったん務めを終えたものの、また出番があるかもしれないと「人玉」が判断したために造りなおされたわけだ。

昔に比べて忍びの仕事は少なくなり、伊賀の里が今日得ている糧《かて》のかなりの部分は、各藩が払う「珠」の維持費や成功報酬によるものとなっている。

……造りなおされることについて、葛は昼も夜も考えた。憑《つ》かれたように考えつづけた。

毀される前と、洗われた後と、それは同じ存在なのだろうか？

珀は同じ存在だろうと言う。人間においても死人《しびと》が甦《よみがえ》ることはあるが、ひとつの魂の繋がりがそこにはあるらしい。だから「珠」も甦ると考えればいいのだという論だ。

しかし、葛はどうしてもそうとは思えなかった。

生首になった霞と、あの夜に見た洗われたての霞の姿が、脳裏に焼きついてしまっている。

霞と同じように微笑して同じように動いて同じように喋る、別のモノ。そうとしか感じられない。

——羽千媛は、どうして受け入れられるのだ？

彼女も生首を見たはずなのに、まるでなにごともなかったかのように霞を慕っている。

何度か真意を訊こうとしたが、羽千媛の無邪気な笑顔を前にすると、おどろおどろしいことを突きつけるのも気が引けた。

実際、羽千媛は以前より元気になっていた。暗い顔をしなくなったし、洞穴の高位結界にも無駄に立ち向かわなくなった。そんな彼女に、揺さぶりをかける真似はできない。

周りから元気がないと指摘されるのを避けるために、葛はいつしか空虚な微笑を顔に張りつかせるようになっていた。

真実を知った日から、葛は珠籠で暮らさなくなった。珀のところで寝起きしている。

そして、ときおり珀に希《こいねが》うのだった。

「俺が毀れても、決して洗わないでくだされ」

三幕　夜泊石

緋垣《ひがき》の城に着いてから七日がたつ。葛《かづら》の熱はすっかり下がり、藤爾《ふじちか》の魂の欠片から転写した記憶や言動も無事に定着していた。

とはいえ、潔癖な切支丹の価値体系が、忍びの精神に入り込んでいるのだ。ふたつは、水と油のようにくっきりと分離したままだった。

藤爾の敬虔《けいけん》な、些細なものごとにも神への感謝をいだく世界観が、葛にはいちいち眩しくて仕方ない。

たとえば「死」という観念ひとつとっても、そうだ。

藤爾にとってのそれが神の御国の光に満ち溢れているのに対して、葛のそれは暗い洞穴に転がった生首に結びつく。そして、藤爾の光は無慈悲にも、おぞましい生首をくっきりと照らし出す。

……そういう短い悪夢を、葛は毎晩のように見ていた。

「――ああ……あああっ！」

女の泣き叫ぶ声に、葛は眠りから一気に覚めた。

すぐに襖が開き、隣の間で休んでいた珀《はく》が入ってくる。

「珀様、いまのは…」

「東の庭のほうからだ」

葛も起き上がり、衣《ころも》の乱れを直しながら、広縁を渡った。

山水式の庭は早朝の薄水色のなかにあった。

築山《つきやま》を覆う木々は秋の暖色をほんのりと帯び、その手前に横たわる大池では、縁に沿って七つの石が水から頭を出している。この夜泊石《よどまりいし》は大陸の蓬莱思想《ほうらいしそう》から発したもので、不老不死の妙薬を載せた宝船が港に碇泊《ていはく》している様子を表している。

その夜泊石の浮かぶ水際に、女は両膝をついていた。葛も顔を見たことのある御殿女中だ。矢絣紋《やがすりもん》の着物は乱れ、彼女のもとどりは男の手にぐしゃりと握り潰されていた。

女を折檻しているのは彬匡《あきまさ》だった。彼の崩れた白い衣からは、厚みのある胸元や、逞しい脚が覗いている。

「お許し……お許しくださりませっ」

もとどりを引っ張られて四つん這いになりながら、女中が泣き叫ぶ。

彬匡の傍若無人ぶりはこの七日間で何度も目にしたが、女相手にずいぶんと斟酌がない。

葛自身は呆れる程度の心の動きだったが、いかんせん藤爾はか弱き者の味方だ。勝手に憤って煮え滾《たぎ》る胸の一部に、葛は責められる心地悪さを覚える。

「……。止めに行ってきます」

裸足のまま広縁から降りようとすると、珀に二の腕を摑まれた。

「ほかの者たちは、なぜ現れぬ」

「え？」

指摘されて気がつく。

これだけ女の声が響き渡っているのだから、誰か飛んできて然るべきだ。それなのに、様子を見に来る者すらない。

「おい、女！」

彬匡の怒声に、葛はあたりに走らせていた視線を池のほうへと戻した。

髪を引き抜かんばかりにもとどりを振り回されて、女がヒィィィと叫ぶ。さすがに葛自身も見かねて、今度こそ広縁を下りた。

「二度と口がきけぬように、その喉に焼《や》き鏝《ごて》でも突っ込んでやろうかっ」

「命は……命だけは、どうか…」

錯乱状態に陥った女が両手を合わせて、必死に命乞いをする。

それがよりいっそう彬匡の怒りに油をそそいだようだった。口角が惨忍な様子で引き上がる。

「俺がお前を殺めれば、その口で吹聴した噂も真実味を増すというもの。いいだろう。斬り殺してやるぞ！」

刀を取りに行こうというのだろう。女を引きずって歩きだした彬匡の前に、葛は立ちはだかった。

「お女中をお離しくだされ」

彬匡に正面から目を向けられたとたん、葛は思わず身震いした。

白目が血走り、まるで目のなか全体が血を湛えているように見えたのだ。その赤い目が瞬きをする。そして、いっそう憎々しげに歪《ゆが》められた。

「邪魔だ。どけ」

「どきませぬ」

「お前のことも叩き斬るぞ」

脅しではない。彬匡は本心から言っているのだ。

——本物のもの狂いか。

背筋が冷える。

しかし、それならばなおさら、引けない。引けない、と思っているのが、自分自身なのか藤爾なのか、葛にもよくわからなかったが。

「かまいませぬ。されど、お女中は放してやってくだされ」

「──お前が身代わりになるとでも言うのか？」

「さようです」

睨み合うふたりへと、陽の光線がじかに射した。池の縁に植えられた枝垂《しだ》れ柳が風にそよがれて、影を地に這わせる。その影が女中の影のもとどりに触れた。

池で激しい水しぶきが上がるのに、葛と彬匡は互いへの視線を断ち切って、そちらを見た。

「……あっ」

もとどりを掴まれていたはずの御殿女中が、池のなかで手をばたつかせていたのだ。バシャバシャと豪勢な水音がたつ。

彬匡は女中を見やってから、怪訝な顔で自身の手を見た。

事態を把握できずにいるふたりの横を珀がすいと過《よぎ》った。柳の下にしゃがんだ彼が池へと手を差し伸べると、女はそれに取り縋る。

──珀様が術を使われたのか。

自身が池に突き落とした女に涼しい顔で手を貸す伊賀の上忍に、葛は胸のうちで小さな笑いを送る。それから気を落ち着けて、改めて彬匡へと視線を向け──目を見開いた。

赤錆色の目がひどく濡れていることに気づいたのだ。

血を湛えているように見えたのは、涙の膜のせいだったらしい。

彬匡は目の縁をクッと浮き上がらせると、葛を乱暴に押し退けて去っていった。いまごろになって彬匡付きの従者である仙之助《せんのすけ》がどこからともなく現れた。

仙之助は彬匡と同じ二十五歳で、彬匡が江戸で暮らしていたころから彼の身の回りのことを仕切っている。常に月代に綺麗に刃を入れ、髷を乱れなく結い上げており、物静かな印象だ。

仙之助が持ってきた羽織りと履物を、彬匡は払い除けて地に落とす。

彬匡の姿が見えなくなるまで、葛はその後ろ姿から目を離すことができなかった。泣きかけのような男の眸が、目に焼きついてしまっていた。

背後で珀の声がする。

「なにがこれほどまでに彬匡殿のご不興を買ったのじゃ？」

振り返れば、女中はすでに池から引き上げられていた。

珀に背を撫でられながら、女は水とともに恨み言を吐いた。

「ひどい……ひどうござりまする。皆も胸のうちでは思うておることなのにっ、なにゆえわたしだけこんな目に」

「皆も思うておることとは？」

「それは」

女は寄り添う男を見上げ、そこで初めて相手が白髪の医者だと気づいたようだった。もの珍しそうに髪を眺めてから、顔を検分しだす。端整なその造りに、彼女の頬はみるみるうちに悦びの色に染まった。

そうしてハタと、ずぶ濡れのうえに髪も乱れきった我が身が恥ずかしくなったらしい。髪に手をやり、目を伏せて、珀から身を離した。

「わ、わたくし、タエと申します。こたびはお助けくださりまして、ありがとうございまする」

珀と葛にあたふたと礼を言うと、タエは足袋を汚しながら走り去った。その足取りは思いのほかしっかりしている。

女を見送って、葛は少しだけ珀に棘《とげ》を向けた。

「色男すぎて、逃げられましたの」

「なに、頃合いを見計らって訊きなおせばよい」

甘い言葉のひとつふたつで、いとも簡単に女から答えを引き出すことだろう。

「それと、わしら以外に駆けつける者がおらなんだ不思議も、探らねばのう」

珀が言いながら屋敷のほうへと顔を向ける。葛もつられてそちらを見ると、広縁には先ほどまでまったくなかった女中たちの姿があった。

女たちは顔こそ向けないものの、ちらちらと横目で葛たちの様子を窺っている。

それは果たして、寝間着姿の主従が裸足で庭にいることを奇異に思っての視線なのか、はたまた、彬匡と女中の騒動に首を突っ込んだことへの意味深な視線なのか。

なにか奇妙な空気が、緋垣の城には厚く立ち込めていた。


「朝のお女中が、城のどこにもおらぬ」

夜になり、行燈を背にして壁を向いて座禅を組んでいた珀が、解《げ》せぬ表情で身体の向きを返した。一瞬前までその目が開かれていたことを、葛は睫の蠢きから知る。瞑想をしていたのではなく、呪術を使っていたらしい。

葛は机のうえの書物を閉じながら問う。

「タエさんといいましたっけ。本当にどこにも？」

「午後に『視た』ときには、女中部屋におったのじゃが」

珀が「視た」のなら確かなのだろう。

「もしや、彬匡に暇《いとま》を出されたとか」

「あり得る。朝のうちに訊き出しておくべきだったのう」

翌日の朝餉を運んできた女中に、葛はそれとなくタエのことを訊いてみた。すると、やはり彬匡の不興を買ったのを理由に、里に帰されたのだという。

……しかし、その里に帰ったはずのタエは、数日後に山の麓の森のなかで見つかった。

亡骸《なきがら》は腰や腕を捻じ切られており、あたりには臓物が散らばっていたという。その臓物には一部食い千切られたあとがあり、おそらく獣が食したのだろうという話だった。

無惨な亡骸のあった場所が、黒駒に乗った彬匡が拉致した葛を連れて抜けた森のなかだったと耳にして、葛と珀はひそかに顔を見合わせた。


どうやら、緋垣城において彬匡の蛮行はないこととして扱われているようだった。

タエが苛《さいな》まれていたのと同様の状況に葛は幾度も出くわしたが、犠牲者がどれだけ泣き喚こうとも、様子を見にくる者はない。いや、むしろ、その場に行き合わせないように、息をひそめて隠れているらしい。

折檻を見かける度に、葛は止めに入った。

無視を決め込もうとしたこともあったが、藤爾の欠片がうるさく騒いで、結局は助けに向かう羽目になる。そうして葛が正面から向かっていって彬匡の気を逸らしているあいだに、珀が術をもちいて犠牲者を逃がしてくれる。

それにしても、あれほど凄惨な死に様だったにもかかわらず、タエの件について城内の者たちがまったく話題に上げようとしないのは妙だった。お陰で、いったいタエがなにを吹聴して彬匡の怒りを買ったのかも不明なままだった。

そこで珀がお浜《はま》という女中に近づいて、情報収集をすることになった。

お浜はすぐに珀に夢中になったものの、タエの件や、城内の者たちが彬匡の蛮行に対して見ぬふりを決め込んでいる理由については、なにかを恐れているふうで頑なに喋ろうとはしなかった。

ただ、「このままでは藤爾様の身が危のうございます。珀様も、彬匡様のお気持ちを害しませぬよう、くれぐれもお気をつけくださりませ」と、消えそうな声で珀に告げるばかりだった。

彬匡が自分への苛立ちを日を追うごとに深めているのは、赤錆色の目で睨まれる葛自身が一番よくわかっていた。

現に、湯殿を使っている最中に乱入されて、切り落とされた獣の身体の一部を湯に投げ込まれたりもしている。

なまぐさい赤い湯が白蠟《はくろう》めいた葛の肌を伝うさまを、彬匡は舌なめずりして眺める。獣の体液に穢《けが》されることに、葛自身は耐えられても、清らかな藤爾の魂は悲鳴を上げる。その拒絶反応はすさまじく、まるで葛自身が怯えているかのように肌は粟立ち、震えるのだった。

おかしなもので、肉体が萎縮すれば精神もまた萎縮を起こす。

その制御不能な状態は、道具に徹したい葛にとってひどく嫌なものだった。

その日も葛が湯船に浸かっている最中に、彬匡の乱暴な足音が聞こえてきた。女中たちの悲鳴が聞こえる。おそらくまた血のしたたる獣の死骸でも手にしているのだろう。そんなものを湯船に投げ込まれる前に上がるのが得策だ。

葛の濡れそぼった身体を珀が白襦袢《しろじゅばん》で包んだのと同時に、がらりと湯殿の引き戸が開いた。

行燈の光にほの白く光る湯気のなかに、彬匡の大きな姿がぬっと現れる。

「なんだ、逃げるのか？」

血の匂いはしない。彬匡は胸元で腕を組み、獣の死骸を携えてはいなかった。けれど、女中たちが悲鳴を上げたということは、なにかあるはずだ。

葛は湯を含んで身体に張りついている襦袢の前を深く重ねながら、顎を上げた。

「なに用でしょうか」

「城下町の見世物小屋でおもしろいものを見つけてな。こんな田舎ではさぞや退屈しているだろうと、もらい受けてきてやった――仙之助」

主に呼ばれて、仙之助が「失礼つかまつります」と前置きしてから入ってくる。

しかしその節度ある入場の仕方とはうらはらに、彼は女たちが怖がったのも無理ないものを湯殿に運び込んだのだった。

彼は両手で一本の杖を支えていた。その杖に幾重にも捲きついているそれは、ぬうっと首を擡《もた》げたかと思うと、先の割れた赤い舌を宙でちろつかせた。

蛇だ。

身の丈は、葛よりもあるだろう。

「彬匡殿、無法すぎましょう」

珀が眉間に皺《しわ》を寄せて、葛を湯殿の外に連れて行こうとする。

しかし、葛は脚に力を入れて、踏み止まった。

蛇など伊賀の山で、さんざん接してきた。羽千媛《はちひめ》ですら首に巻いて遊んでいたものだ。しかも「珠」は子供のころから毒を摂取することで耐性もできている。

――こんなもの、恐れるに足りぬ。

藤爾のほうは蛇を邪悪な使いとして毛嫌いしているようだったが、その感情を捻じ伏せる。

「珀殿、心配はない。ただの蛇じゃ」

葛がそう言うと、彬匡は喉で短く嗤って、蛇の首をむんずと摑んだ。怒った蛇が口をカッと裂き開く。

「そうだ。ただの蛇だ。このとおり牙も抜いてあれば、毒もない」

確かに、その蛇には牙がなかった。

ただ大きいだけの蛇を、怖がらせるために連れてきたらしい。

蛇から手を離すと、彬匡は珀を退けて葛の背後へと回り、抱き締めてきた。耳の孔を唇で覆われる。腹腔に響くほどの低い声で囁かれた。

「藤爾、お前はなかなか勇ましい。お陰でお前が来てからというもの、俺は退屈せずにすんでいる」

退屈しない代わりに、苛立ちを倍増させられている、といったところか。

「それでしたら、紀伊まで参った甲斐《かい》があったというもの」

「ああ。歓待してやろう」

言葉とともに、ふいに武人の感触の手が葛の襦袢の胸元へともぐり込んだ。手が左胸からみぞおち、下腹へと一気に流れた。

「な――っ」

性器を荒く揉まれて咄嗟に腰を引くと、前から脚の狭間に手を差し込まれた。掌をぐりぐりと会陰部に擦りつけられる。葛が立ったまま身体をくの字に折ると、背後の彬匡も添うかたちで身を曲げた。

珀の厳しい声が湯殿に響く。

「藤爾様をお放しくださりませ。かような無作法を……」

「医者の先生は、まるで目明きのようにものを言う。まさか、瞼を閉じたまま見ているのではあるまいな？　そんな奇怪な能力のある輩《やから》を、城に置いておくわけにはいかぬが」

下手をしたら、珀を追放されかねない。

葛は内腿を撫でまわされながら反論した。

「珀殿は目が見えぬぶん、ほかの感覚が鋭うなっておるのじゃ。決して見えているわけではありませぬ」

「ほう、そうか。なれば、少うし試してみるか」

腿から手が退き、葛は襦袢の前を掻き合わせた。その左胸が男の手に押さえられる。白絹が張りついて肌の色が透ける。乳首の色合いまでも滲んだ。

「仙之助、これへ」

彬匡が命じると、仙之助は杖をぐっと上げた。葛の胸元へと蛇が寄せられる。身を伸ばした蛇は、しばし首を上下左右に蠢かしていたが。

「――――！」

蛇はまるで吸い寄せられるかのように葛の左胸へと顔を寄せた。舌が乳首の横に当たる。そのまま、好物を見つけた動きでちろちろと舐めた。どうやら先ほど身体を撫でまわした彬匡の掌には、なにか蛇が悦ぶものが塗られていたらしい。

くねる舌が凝固しはじめている乳首を打った。細い先割れのそれが、粒にまとわりつく。微細すぎる感覚がこそばゆくて、葛は身を捩《よじ》った。

「彬匡殿、藤爾様になにをされておられるのですか?」

見えぬふりをしなければならない珀が、中断させようと言葉を挟む。

「なにもしておらぬ」

「されど」

「なんだ? やはり見えているのか?」

「……、いえ」

「なれば、そこに座って待っておれ」

この場では従うしかなく、珀は濡れた床に端座した。

一方、蛇のほうはただ舐めるだけでは飽き足りなくなったらしい。

葛は胸元の蛇が顎関節を外すのを見る。あり得ない角度で口が開く。牙がないとわかっていても、嚙みつかれる瞬間、身体が跳ねた。

「ふ…っ」

乳首もその周りの皮膚も、丸呑みしようとする吸引力にカァッと熱くなる。葛は両手で蛇を摑んだ。襦袢の前が開き、脂のようなものを塗りたくられた性器が露わになる。

襦袢の布地を呑み込みかけた蛇がどさっと杖から落ちた。

「あ、彬匡殿……もう、もうよいでしょうっ」

「なんのことだ? 俺はなにもしておらぬだろう」

シラを切って、彬匡はおのれの着物の袂を咥えた。甲高い音で布が裂かれる。その断った布が葛の口に押し込まれた。

声を封じられた葛は身体の正面を珀へと向けさせられる。そうして腿を摑まれた。檜《ひのき》で組まれた湯桁を、右の足で踏む姿勢を取らされる。座している珀には双丘の底の蕾《つぼみ》まで見えてしまっているに違いない。いくら裸体を見られ慣れているといっても、あまりにもあられない。

膝を内側に倒そうとすると、耳元で意地の悪い指摘をされた。

「まるで、あの男の目が見えているみたいに恥じらうのだな」

そう言われては、もう襦袢の前を掻き合わせることもできない。

いつしか蛇は、葛の足元に這い寄っていた。足の指を赤い舌がかすめる。ほぼ片足立ちしている状態の左脚に、人の手首ほどの太さの蛇身が巻きつけられる。ひんやりとした感触が螺旋《らせん》を描きながら這い登る。

脇の下から回された彬匡の手が、露わになった両胸の尖りに触れてきた。

「ん…」

内腿に塗りたくられたものを蛇に舐められながら、胸の粒を摘《つ》ままれた。ころころと指の腹で転がされてから、皮膚が張るほど抓《つね》られる。

下腹に溜まっていた疼きが、性器へと流れ込んだ。みるみるうちに膨らみだしたそこが、血流にズキズキする。その部分が発熱しているせいで、塗られたものの香りが強まったらしい。蛇は腿をもうひと巻きして、身を引き上げた。

陰茎に蛇身が擦りつけられる。頭が先端部分と並ぶ。首を折り曲げるようにした蛇が、先割れの舌を出す。

「……、っ、……」

恥皮からわずかに覗いた赤い実を舐められた。細い舌先が薄い皮の内側まで入り込んで、のたくる。目の奥がチカチカするほどの刺激に、葛は引き剝がそうと蛇へと手を伸ばしたが。

「仙之助、藤爾の手を持ってやれ」

彬匡の命に従った仙之助によって、両手を摑まれてしまう。

その仙之助の手が火照っていることに、葛はおのれの痴態のほどを改めて思い知らされた。よけいに身体が熱くなる。

眼下で蛇が口を開いた。陰茎が先端から呑まれていく。

「――――、――!!」

蛇のなかの粘膜がぺっとりと、性器を根元まで包み込んだ。好物の香りがするそれを我が物にしようと、粘膜が忙しなく蠢く。

もう、とても左脚だけでは立っていられなかった。揺らいだ身体を硬い腕に支えられる。

「脚をしっかり開いておれ」

耳元で囁かれた。

葛は朦朧と瞬きをする。

なにかが、会陰部を叩き、くすぐっていた。それが菊座にくっつけられる。先端がしゅっと細いひんやりしたものが窄《すぼ》まりのなかへと押し込まれていく。

「ぁ…っ」

「狭くて、よう進まんわ」

蛇の尾だとわかったころには、かなり深くまで挿《い》れられてしまっていた。衝撃に蕾も内壁も激しくわなないて締まる。すると圧迫感に抗うように、蛇はいっそう強く尾を振った。粘膜を揺さぶられながら、陰茎を砕かんばかりに締めつけられていく。

「ぅ…ぅ…、う」

恐怖と快楽に、頭が痺れる。霞んだ目を、救いを求めて珀へと向ける。

珀の顔は能面めいた表情で固まっていた。閉ざされた瞼がときおりピクリと痙攣《けいれん》するほかは、微動だにしない。

蛇の尾から離された彬匡の手が、湯桁を踏んでいる葛の右脚の膝裏を摑んだ。

珀に向かって会陰部を見せつける角度で、脚が据えられる。

蛇に犯されている蕾の拡がり方やヒクつき具合まで詳細に珀に晒させられて、葛はついに堪えきれなくなった。眉根を引き絞り、顔を紅潮させ、小鼻をヒクつかせる。布を詰められている唇が大きくわななく。

人肌にぬくまった蛇のなかに、蕩けた白蜜がビュク…ビュク…と溢れた。


蛇を身から剝がされた葛は、湯桁にもたれかかって蹲っていた。本人は襦袢を掻き合わせたつもりだが、臀部は丸見えになっている。異種のものに与えられたおぞましい快楽の余韻に、尻たぶが思い出したように痙攣する。

珀は相変わらず石像のように端座していたが、その口のなかでは歯を立てられた舌が血を流していた。

仙之助が蛇を杖に巻き戻す。

「清廉そうな顔をして、月室《つきむろ》の血はえらく淫蕩《いんとう》らしいな。見世物小屋でこの蛇が美女とまぐわっていたときより、よほど見応《みごた》えがあったわ」

葛――藤爾に対して溜まっていた鬱屈を発散できた彬匡は、満足げに続ける。

「不審な点は残るが、まぁいい。今日のところは、医者はなにも見えておらんということにしておいてやろう」

主従が蛇とともに去ったあとの湯殿は、長いこと沈黙に包まれた。

その沈黙の尾に掠れ声が被る。

「……でも、ない」

葛が震える声でひとり言を繰る。

「こんなことは、なんでもない。俺はなにも感じていない。感じない。感じるわけがない」

引き攣る頬に微笑らしきものが張りつく。

そんな葛に閉じた目を据えて、珀は口のなかで呟いた。

「彬匡のもの狂いは確かか。これは早いうちに決着をつけたほうがよいのかもしれぬ」

今回、身代わりである葛ひとりでなく、わざわざ上忍の珀までもが緋垣の領地に赴いたのは、彬匡という人物の見極めと対処のためだった。

対処とはすなわち、彬匡の弱みを握って抑え込むことだ。そして、ここでの滞在が終わるとき、場合によっては暗殺する。

月室家の存続を脅かす要因を取り除くのが、珀に与えられた任務だった。

四幕　鹿狩り

紀伊の山が見事な黄金《こがね》と朱に染め上げられたころ、鹿狩《ししが》りがおこなわれる運びとなった。田畑を荒らす鹿や猪や兎を、村の男たちが総出で追い立て、武人たちが狩るのだ。いかにも彬匡《あきまさ》が好みそうな行事だと葛《かづら》は思ったが、案の定、仙之助《せんのすけ》に弓や刀の手入れをさせて、彬匡はすこぶる機嫌のよい様子だった。

お陰で、この数日、葛は湯殿に踏み込まれることも、城内で悲鳴を聞くこともなく過ごしていた。

そんななか、仙之助が小姓三人を連れて居室を訪ねてきた。

「彬匡様より申しつかりまして、ご用意させていただきました」

小姓たちが運んできたものは、籐巻《とうまき》の弓、革の鞘に収められた太刀、水干の衣など、狩りにもちいる一式だった。

「鹿狩りの際には、こちらのものを使われるようにとのことでございます」

葛の斜め後ろに控えて座していた珀《はく》が、眉を顰めた。

「藤爾《ふじちか》様は生来お身体が強うない。鹿狩りなど、もってのほか」

「されど、彬匡様は藤爾様とのご狩猟を、愉しみになさっておられますゆえ」

「これは医者として」

言い募る珀を軽く手で制すると、葛は仙之助に微笑を向けた。

「彬匡殿に、悦んでお供つかまつりますと、お伝えくだされ」

葛に正視されて先日の湯殿での一件を思い出したものか、仙之助は人形めいた静かな顔を、いくぶん紅潮させた。

「どうか、藤爾様もお愉しみになられますよう」

礼儀正しく頭を下げると、仙之助は小姓たちを連れて去した。足音が遠ざかってから、珀が不機嫌な声音で言う。

「用具が一式しかないということは、わしには参加するなというわけか」

「目を閉じたまま馬を容易く扱ったら、それこそ彬匡の思う壺。珀様は城から追い出されます」

「弓や太刀を携えた彬匡にお前を預けるなど……」

葛は綺麗に編まれた綾藺笠《あやいがさ》を手に取って眺める。

「心配いりませぬ。これでも一応の鍛錬をしてきた身」

「――もしまた、湯殿でのようなことになったらどうする」

笠を遊んでいた指をぴくりとさせたものの、葛は淡々とした声で答える。

「そうなったら、今度は彬匡の体液から情報を得るまでのこと」

「……。それでよいのか、お前は」

「俺は道具です。あの程度のことなど、なんでもない」

「なんでもないと言うのなら」

珀が濁った声を絞り出す。

「なぜ、わしを見ようとせぬのじゃ」


鹿狩りの当日は朝から晴天だった。

しかし珀は、水干をまとった葛の左腕に白絹の弓籠手《ゆごて》を被せながら、空気の匂いを嗅いで言う。

「午後には本降りになるじゃろう」

葛も庭から吹き込んできた風に、雨の匂いを見つける。

「山のぬかるみに落ち葉では、怪我人も多く出ましょう」

「医者《わし》も駆り出される覚悟をしておくかの」

普通に言葉を交わしながらも、葛は珀を直視することができない。指摘されてから努力してみたが、どうしても視線が逸れてしまうのだ。

葛はこれまで、里の誰よりも珀のことを慕ってきた。頼りにしてきた。年の離れた兄のように……あるいはそれ以上の恋情めいた想いもあったかもしれない。そういう人の前で、異種の生き物と交わらされたのだ。しかも淫《みだ》らな快楽を極めさせられてしまった。とても恥ずかしくて、惨めだった。

草紅葉の原に馬に乗った武人たちと、近隣の村人たちが集う。武人にとっては遊興、村人にとっては害獣駆除という、趣味と実益が両立する行事だ。

鹿角が鳴らされて、鹿狩りは始まる。

実のところ、弓は葛の得意とするものだ。その気になれば一矢で猪でも鹿でも仕留める自信がある。とはいえ、いまは藤爾として振る舞わねばならないため、ようよう馬に乗っているふうを装う。

心地のよい山の風に散り降る紅葉は雅《みやび》やかだ。

葛は彬匡と行動をともにさせられた。仙之助も常に傍に控えており、彬匡の腰の空穂《うつぼ》にこまめに野矢を補充し、獣の血と脂に濡れた太刀を拭った。

狩りにいそしむ彬匡は笠を被らず、赤みを帯びた髪をザンと乱す。弓籠手も、脚の側面を覆う行縢《むかばき》もいかつい革造りで、まるで彼自身が黒駒と一体化した異形の獣であるかのようだった。

しかし、その飲まず食わず休まずの猛々しさを何刻ものあいだ間近で見ているうちに、葛の胸には少しずつ奇妙な痛みが溜められていった。

村人も武人も、獣を追いたて狩ることに、祭りめいた昂揚感を味わっている。

そんななか、彬匡だけが本物の「狩り」をしているように見えたのだ。

獣が生きるために獲物を狩る、必死さ。

午後になり、珀の予見どおりに大粒の雨が降りだしても、彬匡の狩りは止まらなかった。黒駒は急勾配の獣道を駆け上り、岩を踏み、錦のごとき川を越える。そうやってどんどん進み行きながらも、彬匡は幾度か肩越しに葛を見返った。

無茶な道行きに、仙之助はとうの昔に脱落していた。

なぜ、自分が彬匡を懸命に追っているのか、葛自身もよくわからない。意地だったのかもしれないし、胸に溜まっている奇妙な痛みのせいだったのかもしれない。

葛の乗る白馬は、悪路によく耐えて頑張ってくれた。

けれども、黒駒が駆け上った大岩の前で、ついにたたらを踏んで進まなくなる。葛は雨をしのげる木に馬の手綱を結わえつけた。

そして、自分の手足を使って、大岩を上っていく。苔のついた濡れた岩はぬるぬるとして思いのほか上りにくかったが、天辺の板状になっているところに手がかかった。身体を引き上げようとしたとき、ふいに右の二の腕にドッと熱い衝撃が起こった。

見れば、深々と矢が刺さっていた。

その矢の腹は、いまだ彬匡に握られている。

「……ッ」

腕から力が抜ける。滑落しようとする身体がガクンと留まった。

「うう」

深い熱と痛みに包まれる右腕を彬匡に摑まれ、岩のうえへと引きずり上げられた。

どうやら、彬匡がこの場所に来たのは偶然ではなかったらしい。そこは突き出た岩が屋根となっていて、黒駒が雨宿りをしていた。

雨に打たれながら、片膝をついた彬匡が袖を口に咥えた。布が裂かれていく。

湯殿で、そんなふうにして断った布を口に含まされたことが思い出された。咄嗟に腰を引いてしまい、危うく岩棚から落ちかける。今度は弓籠手に包まれた左腕を摑まれて、繋ぎ止められた。

「なにを期待してる?」

赤錆色の目が細められるのに、葛の項はカッと熱くなる。

「期待など――――ッう」

矢を刺したその手で、同じほど乱暴に矢を抜かれたのだ。

右袖を肩口まで捲くられ、傷口を布できつく縛られる。

ぞんざいな手当てを終えると、彬匡は葛を雨のなかに残して岩屋根の下に入り、雨宿りを始めた。

「――……」

葛も立ち上がると、彬匡からできるだけ離れた岩屋根がある場所に腰を下ろした。背後の岩に背をもたせかけて、肩と背中で息をする。

目の前には、山の高みから望む景色が広がっていた。

雨雲と大地に挟まれた広大な土地。緋垣《ひがき》の天守閣も城下町も、それらを包み込む田畑も野も森も、雨に深く煙っている。

その様子は悠然としていながら、どこか寂寞《せきばく》としていた。

ひとりでは見ていたくない景色だ。自分の胸のうちに巣食う虚しさを、剥き出しにして晒されているような心許なさを覚える。

強い風が吹いて、雨の線が揃って角度を斜めにした。

伸びてきた手に、左腕を摑まれた。彬匡のほうへとずるずると引きずられる。雨が身体にかからなくなったのに気づいて礼を言おうかと一瞬考え、すぐに思い直した。

「なにが可笑《おか》しい？」

唇の端に滲んだ苦笑を見咎《みとが》められた。

彬匡のほうを見ると、赤錆色の眸が横目で睨んでいた。

「可笑しいというより、訳のわからぬ人だと思うて」

「俺は俺の理《ことわり》で動いているだけだ」

おそらく、そのとおりなのだろう。

葛に矢を突き刺したのも、傷口を縛ったのも、彼のなかでは別に矛盾していないのだ。

そこにややこしい計算や理屈はない。でも、人とはややこしい計算をし、理屈とつじつまに縛られる生き物だ。

「人ならざる理か」

決して、蔑《さげす》んでの言葉ではなかった。

だが、瞬時にして彬匡の眸には憎しみが燃えさかる。長い腕がぐんと伸び、葛の負傷しているほうの二の腕を摑んだ。

「痛…っ」

「あの時も俺のことを、人でなし、と罵《ののし》ったな」

その言葉に藤爾の欠片が反応する……反応して、いまの短いやり取りの最中、自分が藤爾を演じ忘れていたのに気づく。葛として、素で言葉を交わしてしまっていたのだ。あってはならない気の緩みだった。気持ちも語調も整える。

「彬匡殿、あの折のことは、わたくしも頭に血が上っており申して」

二年前、月室《つきむろ》家の女中を手籠めにされかけた件を糾弾しに行った藤爾は、絶対的正義に輝く眸で彬匡を見据え「人でなし」と斬り捨てたのだった。その言葉の刃を、彬匡は現実の刃で返そうとした。

痛む腕を容赦なく握られて、葛の身体は岩盤のうえに倒れた。彬匡が覆い被さってくる。

「蛇と交わったお前も、すでに人でなしというわけだ」

「あ、あれは彬匡殿が、無理に」

「蛇にいちもつを頬張られながら開いた股をさんざん犯されて、気をやったのはどこのどいつだ？　まっとうな人間ならおぞましいばかりで、あんな反応はしまい」

「……」

「お前の身体の淫らな火照りと引き攣りが、いまだ手に残っておるわ」

彬匡は葛の腿のうえに座ると、行縢《むかばき》をおのれの腰から剝ぎ取った。水干の下《しも》の前をくつろげる。

男の緩んでいても大きな器官が、下帯の横から出された。

仰向けになっている葛の両手が頭上に上げさせられる。彬匡の膝が、葛の頭部を跨ぐかたちでつかれる。陰茎が顔に近づけられる。

身体が竦むのは、葛と藤爾、どちらの反応だったか。

唇に、性器の先がもったりと落ちてきた。咄嗟に顔をそむけると、それを頬に擦りつけられる。

「蛇のほうが好みか?」

「いや……嫌じゃ!」

ひどく嫌がる藤爾の価値観に引きずられる。抗うと、右腕の傷を布越しに親指で抉《えぐ》られた。悲鳴に開きかけた唇に、男の先端が入り込んでくる。

「む…」

「噛んだらこの腕、使いものにならないようにしてやる」

男に顔に乗りかかられて、葛の脚は駆けるように暴れた。片足から物射沓《ものいぐつ》が脱げて、宙に弧を描く。雨の岩場へとそれは転がった。

「もっと口のなかを拡げろ。狭くて入りきらぬわ」

熱っぽい鈴口が拒む舌に摩《す》りつけられる。茎が指で無理やり捻じ込まれていく。

「んーん、んん」

彬匡のがっしりした腰が揺らめくたびに、くぷ…くちゅ、と雨音とは違う湿った音が起こる。

口のなかの器官が次第に硬くなり、明らかな形状を粘膜に伝えだす。喉の奥のほうまで使われた。

葛の脚の動きが鈍くなっていく。ついに藤爾の意識が焼き切れ、両足がすとんと伸びた。

露わになった片足の指がときおりくうっと丸まって、口内を大きすぎる陰茎で掻きまわされる苦しさを示す。

――……珀様。

葛は閉じた瞼を震わせる。閨房術の指南を受けたとき、こんな乱暴なやり方をされたことはなかった。

彬匡のいちもつは太さや長さは珀のそれと似たようなものなのに、あまりにも猛々しくて、葛はともすれば窒息しそうになる。習ったように口の粘膜を蠢かせることも、舌を使うこともできない。

「小さい器だな。下と同じで」

男の低い声が、性器を伝って粘膜を震わせる。

喉奥を突いていたものが、ずるずると抜かれていく。抜けきったとき、泡だった唾液が唇から溢れた。

彬匡に崩れたもとどりを摑まれる。後頭部が浮いた。

「舌を出して、舐めてみろ」

男の顔を見上げ、それから口元に差し出されたそれを見る。腫れた唇からおずおずと舌を出す。鈴口をちろりと舐める。

「どんな味だ?」

訊かれて、ただ首を横に振る。その晩生らしい反応は、彬匡の気に入ったらしかった。

「いまのところをもっと舐めろ」

葛は濡れて額に張りつく前髪の下で睫を伏せ、舌を使った。先端の丸みを幾度も辿り、返しの段差を舌先でつつく。

すると、先端から透明な蜜が溢れ出した。命じられるままにそれを啜《すす》り飲む。

もとどりを摑んでいた彬匡の手が、後頭部を優しく支えるように髪のなかに入ってきた。

どうやら奉仕が気に入ったらしい……男の露骨すぎる素直さに、葛は呆れた。でも、これならうまく目的を達成できそうだった。

「裏を舌で打て」

「ん…」

小首を傾げ、舌でやわらかく裏筋を叩いていく。

両手を頭上に流した無防備な姿で、葛は男の性器を愛撫した。とても好いと、髪に差し込まれている彬匡の指が、頭を撫でるように蠢く。それが妙にこそばゆい。

口のなかの強張りきったものがヒクリとする。

「く――は、ぁ、はぁ」

彬匡が息を荒く乱す。

なかほどまで咥えた性器をしゃぶりながら、葛は男の顔を見上げる……欲を極めようとする苦しげな顔に、なぜかまた胸が小さく痛んだ。その奇妙な痛みを退け、おのれを叱咤する。

自分という道具の性能を、いまこそ生かすときなのだ。彬匡の体液を手に入れれば、そこからかなりの情報を読み解くことができる。緋垣藩の実情を探りたい珀にも喜んでもらえるだろう。

「俺の種を味おうてみるか？」

下卑た質問を真顔でされた。葛は堪忍した表情を作って目を閉じる。

後頭部を意外なほどそっと岩盤に置かれた。髪のあいだから手が抜け、代わりに両の頬を大きな手で包み込まれる。とても熱い掌。

男根を咥えている唇の輪を指でいじられ、なかを見るようにわずかに捲くられた。

「んう――――」

口のなかにどっと粘液が溢れた。

咥えているものがビクつくたびに嵩《かさ》を増していく重ったるい粘液を、葛は懸命に嚥下する。珠写しの儀とは違い、定着させる必要はない。すぐに種から情報が読み解かれる――はずだった。

彬匡が太い溜め息をつきながら性器を引き抜き、葛の横に腰を下ろした。そのまま身づくろいもせずに仰向けに身体を伸ばす。

それとほとんど入れ替わりに、葛はパッと上半身を跳ね起こした。

逐情後の眠気を覚えているらしい声音で彬匡が言う。

「雨はしばらくやまぬわ。お前もひと眠り……」

葛は男の下腹に手を伸ばした。しまわれていない器官を握る。まだ熱を孕んでいるそれの先端を咥える。細い管のなかの残滓《ざんし》を吸い上げると、彬匡が呻き声を漏らした。かまわずに、葛は両手で根元から先端までを扱《しご》き上げて一滴も逃がさずに飲み込む。

やはり、駄目だった。

——どうして……。

精液から得られるはずの具体的な情報が、なにひとつ得られなかったのだ。

呆然として性器から濡れそぼった唇を離すと、彬匡と目が合った。眠気も飛んだように、それは鋭くなっていた。

「お前は——」

怪訝《けげん》そうな呟き。

「なにやら、違う」

取り乱して、つい藤爾が絶対しないようなことをしてしまったのに気づく。

葛は身体を起こすと、彬匡に背を向け、ずるずると岩壁へと這った。なにかの幼虫のように蹲り、取り込んだ種をほぐそうとする。

しかし得られたのは、かすかな印象だけだった。

彬匡のものらしい寂寞とした想いが、葛の心へと雨のように冷たく降る。

壁に向かって端座する珀は、開いていた目をゆっくりと閉じた。目から滴っていた黒い涙のようなものが、頬を遡《さかのぼ》って目のなかへと収まってゆく。

その数拍ののちに、廊下から声がかけられた。

「珀様、鹿狩りの場より、仙之助殿からのご伝言にござりまする」

珀は膝を居室の内側へと返して、「入られよ」と応えた。襖がすらりと開き、小姓がなめらかな所作で入室し、畳に膝をついた。彬匡付きの小姓のなかでも特に華やかな面立ちをした、冬弥《ふゆや》という名の少年だ。

「仙之助殿から、いかようなご伝言か」

冬弥はいくぶん困惑の滲む表情で、声を抑えた。

「実は鹿狩りの最中に、連れ立つ彬匡様と藤爾様を見失い申したとのこと。かならずやお捜しして無事に城にお連れする所存でおりまするが、なにぶんにもこの雨。念のため、珀様にご報告さしあげるよう申しつかりましてございます」

藤爾……葛の行方が知れないという報告を聞いても、珀はまったく動じなかった。なぜなら、ほんのいましがたまで、彼は「視て」いたからだ。

それぞれ黒駒と白駒に跨った彬匡と葛は、麓を目指して獣道を駆け下りているところだ。ほどなく帰還するだろう。

「承知いたした。わざわざのご報告、いたみいる」

冬弥に笑みを向けて、珀は続けた。

「この雨では負傷した者もいよう。医者の手が足りぬようなら、遠慮のう言うてくだされ」

「ありがたきお心遣い。仙之助殿にもかようにお伝え申しておきまする」

小姓が出て行き、空間が閉じられる。

雨音に包まれながら、珀はしばしのあいだ、もの思いに耽《ふけ》って俯いていた。

どうして、彬匡の体液から情報を読み解くことができなかったのか。

鹿狩りの日から、寝ても覚めても葛はその謎に囚われつづけていた。あそこまでいやらしいことをして彬匡の快楽に奉仕したにもかかわらず、得るべきものを得られなかったのだ。肝心なときに「道具」としての役割を果たせなかった。

重い不安が胸を潰す。

もし「珠」としての能力が失われてしまったのだとしたら、と考えると居ても立ってもいられなくなる。

伊賀の里にいたころ、無垢な子供の血を摂取して解読機能が正常に働くかを定期的に確かめられたが、その時はほかの「珠」たちと同様、問題なく情報を読み解くことができた。

――なれど、珠写しの儀での拒絶反応は酷かった……。

あの時は、儀式直後の長旅や藤爾が隠れ切支丹であったことなど悪条件が重なってのことだと理由づけができた。

しかし、今回は違う。体液からの単純な情報の読み解きだ。

いったい、なにが支障の原因になったのか。

紅葉もあらかた散ってしまった庭をひとりで歩いていた葛は、思わず躓《つまず》いたように立ち止まった。

――体液……まさか体液の種類か？

彬匡のときに摂取したのは精液だった。

もしかすると藤爾のときも、精液だったことが拒絶反応の理由のひとつだったのではないか。

その仮説は、葛におのれが欠陥品なのかもしれないという強い失望感とともに、光明をもたらした。

次は彬匡の血を採ればよいのだ。精液より情報の質が落ちるうえに量が必要だが、緋垣藩の秘匿情報を得ることはできるだろう。

——そうすれば、珀様に喜んでもらえる。

緋垣城に入ってから、ふた月近くがたとうとしている。

ここに滞在するのは、残り十ヶ月だ。

それは葛という存在の残り時間でもある。

——いまのうちに、少しでも多く珀様のお役に立っておきたい。

珀の役に立つことが、なにを生むわけでもないと知っている。なにをしたところで珀が自分に恋情をいだいてくれることはないと、長い付き合いのなかで重々承知している。彼はとてもよくしてくれるが、「珠」と無比の関係になるつもりはないのだ。

当然だと思う。

葛は最近になって、「珠」につけられる名が体を表していることに思いいたっていた。

葛、霞《かすみ》、雪夜叉《ゆきやしゃ》。

ほかの木に寄生しなければ生きられないつる草……葛、立ち込めては儚《はかな》く消える霞、溶けて消える定めの雪。

そんなあやふやな存在を愛するのは愚かしい。

——それでも。

足元で土に還ろうとしている朽ちた葉を、葛はゆるいまなざしで見つめる。

胸に蔓延《はびこ》る虚無感に、精神が侵食されていく。

それを食い止めてくれるものを、珀の役に立てるという喜び以外、葛は見つけることができなかった。


「葛」

気配もなく後ろに立った人に声をかけられて、葛はハッと我に返る。振り返るものの、相変わらず珀の顔をまともに見ることができない。

珀が横に並んできて言う。

「散策に付き合おう」

「……」

珀の声の硬さに、葛の心臓は竦む。

湯殿で彬匡に蛇をけしかけられて以降、葛と珀の関係はぎくしゃくしがちだったが、このところ、それはいっそう息苦しいものになっていた。

池の縁を辿り歩き、風雅な佇まいの小さな東屋《あずまや》に行き着く。

「少々、尋ねたいことがある」

珀がそう言って東屋に入るよう促した。

向かい合って座ると、珀は左手で作った拳のうえに右手を被せて摩利支天隠形印《まりしてんおんぎょういん》を結び、真言を唱えた。上忍である珀の術力は高い。これで普通の人間からは、ふたりの姿も声も認識されないものとなる。

わざわざ隠形術を使ってまで尋ねたいこととはなんなのか。葛は緊張に背筋を固めた。

「わしの顔を見よ」

言われて葛は珀の顎のあたりに視線を当てた。それが精一杯だ。

「なぜ、わしに報告せぬのだ？」

「……報告とは？」

「決まっておろう。鹿狩りの折に得た情報のことだ」

――珀様は……知っておられたのか？

視界が揺らぐような衝撃を覚える。

それでも動揺を微笑で塗り込めて、知らぬふりをした。

「なんのことか」

答えたとたんに珀が立ち上がった。思わず逃げようとする葛の顎が、指に囚われる。息が苦しくなるほど首を仰《の》け反らされた。久方ぶりに、ふたりの視線がまともに重なる。

「わしは『視た』のじゃ」

「……視……た？」

珀の睫がすばやく上げられた。やや吊り気味のかたちをした目。その眼窩《がんか》は闇一色に塗り潰されていた。闇が涙のように頬へと零れ落ちる。縒《よ》られた闇の糸は彼の顎から首筋、着物のうえを流れて、床につく。次の瞬間、東屋を中心にして、闇の糸は蜘蛛《くも》の巣状に地に大きく這い拡がった。

すぐに我に返った様子、珀はサッと瞼を落とした。

闇の糸が頬を遡って睫のあいだから、目のなかに戻っていく。

「さすがに捜し出すのに時間を要したが――見つけたとき、お前は彬匡とともに岩場におった」

「…………」

葛の顔から血の気が失せていく。

「種の摂取が終わったのちも、お前は物足りなげに、みずから彬匡のものにむしゃぶりついていったな」

「そ、それは」

「あの男のものが気に入ったか」

決めつけるように詰られる。

――違う！

決して、淫らな欲望で残滓まで啜ったのではない。反論しようと動きかける唇を、葛は嚙んで止めた。

珀はずっと葛の教育係を買って出てくれていた。

霞の件があってからのちは、珠籠で暮らしたくないという葛のわがままを聞き入れて、彼の屋敷に住まわせてくれた。それは異例の計らいで、珀は「珠」の管理者や頭領に頭を下げて、自分がすべての責任を取るからと頼み込んでくれたのだと……葛はずいぶん後になってから人づてに知った。

その葛が欠陥品となれば、珀の落ち度ということにもなりかねない。里のほうではきっと問題になるだろうし、珀の性格上、葛を責めずに自身を責めるだろう。

これほどよくしてくれてきた珀に、瑕《きず》をつけたくなかった。

――十ヶ月、隠し遂《おお》せばすむこと。

葛は珀の瞼をしっかりと見つめて、抑えた声で告げた。

「ご報告は近いうちに、かならず」

「あの男のものが気に入ったことは、否定せぬのか」

黙り込んでしまうと、珀は葛が見たことのない冷たい顔をした。

それは太い錐《きり》のように葛の胸を刺し貫く。

顎から指が外れる。かけられた隠形の呪が解かれる。珀は一度も振り返ることなく、東屋を去っていった。

葛は詰まる喉を手で押さえた。口のなかで呟く。

「彬匡の血を……一刻も早く」

五幕　天守閣

手入れをした小刀を、畳んだ扇子を模した入れ物にかちりと嵌《は》める。その仕込み扇と、粉薬を包んだ紙を帯に挟んで、葛《かづら》は居室を出た。城内を散策するふりをして、彬匡《あきまさ》を捜す。

なんとか彬匡の血を採取したいのだが、それはある意味、精液を採取するよりも難しかった。

まとまった血液を得るには刀傷が一番だ。とはいえ、まさか藩主の嗣子に正面から斬りかかるわけにもいかない。そこで、水溶性の眠り薬をもちいて彬匡を深く眠らせ、意識のないうちに血液を採取することにしたのだ。

御殿に沿って庭を歩いていると、通りがかった女中が広縁に膝をついた。なにごとかと思って立ち止まれば、以前、彬匡の暴行から救った娘だった。彼女は自分から声をかけるのを控える様子、無言のまま膝の前に指をそろえると、葛へと深々と頭を下げた。

葛はその姿を複雑な想いで見つめる。

──藤爾《ふじちか》様はこのように、人から感謝されて生きているのか。

ふた月以上も藤爾の魂の欠片を飼っていながら、それは相変わらず葛の心と融合することはなかった。

いつまでも頭を上げようとしない娘から顔をそむけると、葛はなかば逃げるようにその場を立ち去った。人を陥れ傷つけるための薬と刀を隠し持っているおのれが、ひどく汚らしいもののように感じられたのだ。

藤爾と自分の魂の格差は重々わかっていても、この自己否定感に慣れることはなかった。藤爾から逃げたい一心で足を前に出しているうちに、天守閣の傍まで来ていた。

威風堂々たる四重の楼閣に住む者はない。

藩主一族を初めとする生活の場はその足元に拡がる本丸御殿となっており、天守閣の主な役割は権力を目に見えるかたちで誇示することだ。特別な儀式のとき以外は閉め切られたままひっそりとしている。

葛は石垣のうえの巨大な建物を見上げた。

と、その視線が最上階でぴたりと止まる。

四階にぐるりと作られた廻縁《まわりえん》のところに人影があったのだ。欄干に肘《ひじ》をついている男は――間違いない。彬匡だった。

少なくとも葛の視界からは仙之助《せんのすけ》の姿は見受けられない。もし彬匡ひとりならば、またとない好機だ。

葛は天守閣の正面に回って、石垣に作られた階段を上った。入り口となる、城に添って建てられた櫓《やぐら》の扉はわずかに開いていた。普段から無人なだけに見張りもいない。

なかに入って扉を閉める。櫓内部にはさらに階段があり、それを上ると天守閣の一階部分に出た。

葛は摩利支天隠形印を結び、「オン・アニチヤ・マリシエイ・ソワカ」と真言を唱えた。そうして気配を消して、四階までの階段を用心深く上っていく。

太い柱に身を隠して様子を見れば、果たして、彬匡はひとりだった。

眠り薬を溶かせるものは、としばし考える。薬紙を開いて、粉を舌の下へと流し込んだ。唾液でそれを溶く。毒薬と同じように眠り薬の耐性もつけてあるから、多少なら飲んでしまっても眠り込むことはない。

襟元を崩し、元結を緩めて髪をわずかに乱す。

鹿狩りの一件で彬匡は藤爾をかなりの好き者と感じたに違いなかったから、それを利用することにしたのだ。深い接吻をしかけて薬を口移しすればいい。

階段を少し降りて、隠形の呪を解く。

そうしてわざと足音をさせながら、階段を上りなおした。

「彬匡殿……彬匡殿がこちらにおられるのが見えて」

わずかな艶を滲ませた声を作りながら、彬匡の立つ廻縁へと顔を向けた葛は、思わず息を呑んだ。彬匡がすぐ傍にいたのだ。

その目は、池の縁で御殿女中を折檻していたときと同様に血走り、赤く染まっていた……しかも、手には抜かれた刀が握られている。

殺意に締めつけられた葛は、仕込み扇に手を伸ばすことすらできなかった。

――やはり……タエという女中を殺めたのは。

おそらく自分もタエと同じように、彬匡に惨殺されるのだろう。

怖いとか哀しいとかは思わなかった。ただ、ひとつ。

――珀《はく》様は、俺を洗わずにいてくれるだろうか？

その想いだけが狂おしく胸に逆巻いていた。

月明かりのなか、白目を剝いて、もげそうに首を傾げた霞《かすみ》の姿が、網膜に焼きついている。

自分と同じように喋って同じように動く、おぞましいモノ。そんなものを造られたくない。

惑乱のなかで、ハタと気づく。

――いまここで、明らかに殺してもらうことができれば。

誰の目からも明らかなぐらい確実に殺してもらえたら、「藤爾」は死んだことになる。

そうしたら藤爾自体が死んだことになるのだから、もう代用品は必要ない。それなら、造りなおされずにすむのではないか。

藤爾には、ひどい迷惑をかけることになる。死んだ者として、彼はこれから先どれほど不自由に過ごさねばならないのか。

役立たずの身代わりであったことを申し訳なく思いながらも、葛の唇は熱に浮かされたように動いてしまっていた。

「この胸を、斬り裂いてくだされ」

彬匡が浅く瞬きをする。

「心の臓を掻き出して、断ち切ってくだされ。二度と甦れぬよう……その死に姿を、決して決して忘れないでくだされ」

本心からの願いを口にしたら、心も身体もふっと軽くなった。

葛は残りの階段を上ると、彬匡の前に立った。両腕をすとんと横に落として、胸を差し出す。目を閉じて、嘘みたいに静かな気持ちで待つ。

けれども、胸を斬り開かれる痛みは訪れなかった。

板敷きの床に刀が落ちる硬い音が響いて、葛は失意に目を開きかけ——。

「あっ」

両肩を掴まれて、視界が飛んだ。背中を床に打ちつけられた激しい衝撃に、一瞬、息が止まる。強張る唇を重く潰された。

「……」

見つめられないほど間近に、赤錆色の目がある。

痺れたようになっている唇の狭間から、熱い肉がぬるりと押し入ってきた。舌を舌で荒っぽく叩かれて、葛はようやく彬匡から激しい接吻をされていることを理解する。

しかし、されていることはわかっても、あの流れからどうして接吻にいたったのかが、まったくわからない。閨房術の基本も忘れ、目を開きっぱなしにしてしまっていた。彬匡のほうも目を閉じないから、互いの目を覗き合ったままになる。

舌を捏《こ》ねられていくうち、ふいに心臓が大きく波打った。

「ん…」

甘く喉が鳴る。痙攣するような瞬きを葛はした。

頬の線に動きが露わになるほど強く、彬匡の舌が頬の内側の粘膜を抉る。その舌を、葛は反射的に舌をくねらせて舐めてしまう。

「――――」

今度は、彬匡の目のうえを睫が閃《ひらめ》いた。

濡れた肉が擦り合わされる音と感触に、首筋が火照り、痺れる。葛は思わず目をぎゅっと閉じて、男の腰にしがみついた。

しがみついたとたん、圧し掛かっている重い身体がビクッと跳ねた。口のなかの舌も萎縮して強張りきる。

脇腹を摑んでいる手に生ぬるい湿り気を感じて、葛は訝しく眉根を寄せた。蕩けかかっていた意識がはっきりしていくにしたがって、血の匂いが鮮明に知覚されだす。

——怪我を……してる？

唇を塞がれたまま湿った右手を視界に持ち上げてみれば、そこには赤い色がべっとりと付着していた。

血を欲して訪れたものの、彬匡が傷を負っているらしいことに葛は動揺し、激しく頭を振って口内から舌を抜いた。男の肩を摑み、問い質《ただ》す。

「彬匡殿っ、なにゆえに血が…」

「大したことはない」

彬匡は唸るように呟くと、葛の袴へと手を伸ばしてきた。紐を千切るように解かれる。袴を下ろされ、着物の裾を乱される。下帯の股の部分を横にずらされた。

みずからの袴の前を落とした彬匡が、葛の脚のあいだに腰を入れてくる。

「や…」

男の重みに息が詰まる。首筋に口付けられる。

閨房術の指南でも、男の性器を挿れられたことはなかった。未知の行為への怖さに身を強張らせていた葛は、視線を宙に彷徨《さまよ》わせた。

彬匡の動きが止まったのだ。

「……彬匡、殿？」

かすかな呻きだけが返ってくる。

葛はぐったりした男の身体の下からもがき出た。

失血のためか眠り薬のためかわからないが、彬匡はどうやら意識を失いかけているらしい。葛は気を落ち着けようとおのれの首筋を手で押さえた。触れた肌は掌に吸いつくようにしっとりしていて、怖いほど熱い。

乱れた呼吸のまま、葛は彬匡の身体を仰向けに返した。

やはり、左脇腹に染みが拡がっている。帯を解いて着物の前を開く。

腹部には布が巻かれていたが、おそらく彬匡が自身で手当てしたのだろう。緩んだ布は、ほとんど止血の役目を果たしていなかった。その布を解き、傷口をじかに検《あらた》める。出血の割りには、そう深手ではないようだ。

——どうして刀傷が？　しかも、まだ新しい。

いったい誰がこのような傷を負わせたのか。

なぜ彬匡は医者に見せずに、自分で手当てをしたのか。

葛は男の腰の横に手をついた。傷口へと顔を近づけると、血の匂いが生温かく鼻腔を満たす。新たな体液を溢れさせるそこに、開いた唇を押しつける。すっぱりと切れた肌を吸うと、彬匡が脚をビクビクと震わせた。

痛みのせいで意識が少しはっきりしたらしい。わずかに瞼が上がり、妙に素直な眸が葛を見た。

「よ…汚れた血を吸い出そうと」

慌てて言い訳をすると、彬匡は目を閉じた。そして、呟く。

「ぜんぶ吸い出せ」

「え？」

「この忌まわしい血を、一滴残らず——」

今度こそ意識を失ったものか、彬匡はもうぴくりとも動かない。

「忌まわしい、血？」

なんのことを言っているのか。

——いや……、そんなことは、どうでもいい。

もっと血が必要だ。早く充分な血を摂取して情報を読み解き、珀にその結果を伝えて、協力する気持ちがあることをわかってほしい。

もう一度、締まりのある腹部に顔を伏せかけた葛はしかし、彬匡の閉じた目からこめかみへと、透明な糸のようなものが流れ落ちるのを目撃する。

「…………」

おそらく、生理的な痛みから出た涙なのだろうが。

動きを止めていた葛は、しばしののち上体を起こした。

袂に入れてあった小袋から、布と木製の薄くて小さな器を出す。器のなかの膏薬《こうやく》を布に塗布して彬匡の傷口に載せると、自分の着物の帯を手早く解いて、それで男の腰をグッと縛った。

彬匡の着物を傷口に障らないように整える。

最後に男の口に丸薬を含ませた。伊賀の里の妙薬には造血の働きもある。

そうして処置をしてから、葛は彬匡が腹部に巻いていた布を手に取った。陽光を避け、板間の暗がりで壁を向いて座り、背を丸める。

血のしたたる布を咥えた。蟲が樹液を舐める動きで唇を蠢かす。チュクチュクと血を吸う音が、がらんとした天守閣のなかを伝い渡っていく。

より湿っている場所を探して布を吸う。次第に忙しなさを増していった口の動きが、止まる。呆然と呟く。

「……どうして……」

精液のときと同じだった。具体的な情報が、なにひとつ得られない。

今日も伝わってくる彬匡の寂寞とした想いは、葛の自己否定感に弱りきった心にひどく沁《し》みた。

額を壁にゴリゴリと擦りつける。口から赤い布が滑り落ちる。

瞼が重い。

どうやら突然の接吻に溺れて、葛もまた予定外の量の眠り薬を飲み込んでしまっていたらしい。そのまま動けなくなった。


主を捜して天守閣に上った仙之助は、最上階でその姿を見つけた。

気に入りの場所で午睡《ひるね》を決め込んだらしく、彬匡の長軀は板間の中央で仰向けに伸びている。


「彬匡様、起きてくださりませ。江戸のお父上様より使いの者が文を……」

声をかけながら主へと近づきかけた仙之助は、ハッとして足を止めた。

部屋の片隅になにかがいるのに気づいたのだ。

それが人間だとすぐにわからなかったのは、壁に額をつけて身を丸めた、蛹《さなぎ》めいた奇妙な姿勢のせいだったのか、あるいはそれが発している気配の不気味さからだったのか。

すんなりした身体の線から月室《つきむろ》藤爾だと気づき、仙之助は眉をきつく顰めた。日ごろ表情の少ない彼にしては、露骨な不快の表現だった。

仙之助は爪先の方向を藤爾へと変えた。足早に近づき、声をかける。

「藤爾様、ここは緋垣《ひがき》の神聖なる場。お立ち去りくだされ」

しかし、藤爾は微動だにしない。

「藤爾様？」

仙之助が少年の腕に触れると、ほんの軽く触れただけなのに、その身体はぐらりと揺れて横倒しに崩れた。まるで死体のような力なさだ。

仙之助は身をぶるりと震わせて、おのれの胸元を拳で押さえた。

「……、まさか、また禍《わざわい》が」

呟きながら、ぎこちない動きで藤爾の顔を覗き込む。そして、一重の目をクッとすがめた。その目に映り込む凛とした少年の顔は、口を血で染めていた。

よほど酷い喀血《かっけつ》をしたらしく、藤爾の傍には血まみれの布まで落ちている。

「仙之助殿」

背後から急に肩を摑まれて、仙之助の心臓は驚きのあまり短く痙攣した。

人が階段を上ってくる音も気配もまったくなかったはずなのに、彼の後ろにはいつの間にか、白髪の医者が立っていた。

「は、珀殿」

仙之助は喘《あえ》ぐように伝える。

「藤爾様が、血を吐かれたご様子――もしやすると、お命も…………」

しかし珀は顔色ひとつ変えずに、藤爾の横に座って呼吸や脈をすばやく診《み》た。そうして少年を両腕で掬《すく》い上げて立ち上がる。

「心配には及ばぬ」

「なれど、かような喀血、ただごとでは」

「胸の病ではない。そなたの大切な主に感染《うつ》りはせぬゆえ、安心されよ」

淡白な調子で告げると、藤爾を抱えた珀はまるで目に不自由などない者のように、淀みのない足取りで急勾配の階段を下りていった。

その主従の姿を、仙之助は用心深いまなざしで見送った。


――寂しい。

意識が戻ったときに胸に詰まっていたのは、その感情だった。彬匡の血から感じたものの名残だろうか。

しんみりした気持ちに呑まれそうになった葛は、踏み止まり、突き放した。

――彬匡が寂しいなど、笑止な。

あれほど傍若無人に振る舞っていれば、周りに人がいなくなるのは当然のことだ。自分で蹴散らしておいて、寂しいもなにもあったものではない。

眉間に力を入れて気持ちを制御し、目を開く。

彬匡と天守閣の最上階にいたはずが、寝所に横たわっていた。もう夜なのか、襖を閉ざされた間には行燈が点《とも》されている。

枕元には珀が座していた。

東屋で葛に不審を追及して以来、珀はどこか冷ややかだった。

おそるおそる彼の顔を見上げた葛は、頬に流れる二条の影を見つける。それは開かれた黒い眼窩から涙のように糸を縒って零れていた。

その二条の影の糸は、畳を這って襖の向こうへと続いている。

──「視て」おられるのか……。

いまここに珀の視界はない。

彼の視界は、影の糸の先端にあるのだ。影には視覚だけでなく、聴覚・嗅覚・触覚・味覚も載せることができる。また、影の糸は刃物にも変じ得る。

この影繰《かげく》りの術こそが、伊賀の上忍である珀の特殊な能力だった。

術はこうして目を開いているときしか使えないので人に術中の顔を見られないよう注意する必要があり、また影を伸ばせる距離と速度にも限界がある。

とはいえ、諜報活動や暗殺を主な仕事とする忍びにとっては、実に重宝な術といえる。

──それにしても、ずいぶんと熱心に、なにを「視て」おられるのだろう?

葛が目を覚ました気配を肌で感じたらしい。影の糸がするすると短くなり、頬を遡って目のなかに収められた。

閉じた瞼が、葛へと向けられる。

「気がついたか」

「あの…珀様が俺をここに?」

身を起こすと、解かれた髪が胸元へと流れた。

そうして改めて、寝間着用の白絹の羽二重を着せられていることに葛は気づく。眠っているあいだに珀が替えてくれたのだろう。腰のあたりの心許ない感覚からして、下帯は外されているようだった——その下帯が激しく乱れていただろうことに思いいたり、葛は顔の色を失った。

「まだ気分が優れぬか?」

「い、いえ」

首を横に振ると、葛は慌ただしく尋ねた。

「なにを『視て』おられたのですか?」

「彬匡のほうも先刻目を覚まして、仙之助と少々興味深い問答をしておったのでな」

「どのような問答を?」

「腰の傷のことなど」

葛は思わず正座して尋ねなおした。

「あの刀傷、いったい誰の手によって、なにゆえに」

「誰によるものかはわからなんだが、どうやら彬匡は頻繁に命を狙われておるらしい」

「こたびも刺客に襲われたものを、みずから手当てしたと?」

「そのようじゃ。心配する仙之助に、俺にはかまうな、禍が寄るぞ、と喚いておったわ」

「禍……」

呟くと、胸のなかで寂しさがずしりと重みを増した。その禍と彬匡の寂しさとには密接な関わりがあるように感じるのだが、判然としない。体液から詳細を読み解けないことが、ひどくもどかしかった。

――そういえば、血をすべて吸い出せと言っていた……忌まわしい血だと。

眉間に皺を寄せて考え込んでいると、珀に低めた声で尋ねられた。

「なにゆえ、そのように知らぬふりをする?」

「知らぬふりとは…」

「彬匡が命を狙われていることも、今回の刀傷が誰によるものかも、お前は知っているはずだ。あの布についた彬匡の血、飲んだのじゃろう?」

指摘されて、葛はハッとする。

彬匡の精液と血液を採取したのだから、本来ならいま珀が口にした情報は葛が知っていて当然のものだったのだ。

――欠陥品だと知れたら、珀様に迷惑が。

なにか言い逃れをしようとするものの、思いつかない。

真実を見抜かれるかと思ったが、葛のうろたえる様子を珀は違う方向に解釈した。苦い声で詰られる。

「見え透いた演技をしてまで庇《かば》いたいほど、あの男を気に入ったわけか」

「……それは」

「得た情報をわしに教えぬのは、そういうことであろう」

教えたくても、教えられる情報が本当にないのだ。血を読み解ければと思ったが、それも失敗してしまった。

葛が押し黙ってしまったのを、珀は肯定と理解する。

「天守閣で、彬匡とふたりで籠もって、なにをしておった？」

そんな質問をするからには、影繰りの術で現場を見ていなかったのだろう。

不覚にも彬匡との接吻に溺れてしまったことを知られずにすんで、わずかに安堵する。

だが、その緩んだ表情が、珀には甘ったるい意味合いに感じられたらしい。

「忍んで逢うて、そんなにも愉しかったか？　袴は脱げて、裾も下帯も乱れておったな」

葛の首筋が赤く染まる。

状況からいって、彬匡と最後まで交わったと勘違いされても無理はない。

とはいえ、珀ともしていないことを彬匡としたと思われるのは、どうしても嫌だった。

「本当に――いたしておりませぬ」

「いたしておらぬとは、なにをだ？」

水を向けてきたのは珀のほうなのに、意地の悪い返しをする。

「で、ですから……い…挿れられてはおりませぬ」

「そのような曖昧《あいまい》な言葉ではわからん」

突き放すように冷ややかに言われる。

卑猥《ひわい》な言葉を口にするのが、葛はいまだに得意ではない。それでも、険しい表情を崩さない珀に負けて、葛は乾いた唇を小さく動かした。

「……彬匡の、いちもつ…を、――――孔に」

「孔？」

「……」

困った葛は、正座した腿のあいだをわずかに開くと、そこに手を沈めた。二重仕立ての着物越しに、股の奥を押さえる。

「ここの孔、には、まだ」

珀が喉を蠢かした。

身を寄せてきた珀の影が、葛に深くかかる。手を脚のあいだに差し込まれた。

「まことか？」

咄嗟に腿を閉じながら、葛は幾度も頷く。

狭間を押さえている手のうえに珀の手が載ってきた。手の甲を圧されて、会陰部に重みがかかる。

「まこと…です」

「されど、この頃のお前の口はよく嘘をつく。言葉だけでは信じられぬ」

「どうすれば、信じて――もらえるのですか？」

言葉が震えたのは、珀が揉むように手を蠢かせたからだった。脚のあいだが痺れて、腰がぞくりとする。

「なかを検めれば、お前が彬匡を咥え込んだか否か、具合でわかるが」

「――なか、を？」

「それとも彬匡以外には触らせられぬか？」

葛は唇を噛むと、珀の手を脚のあいだから退けた。

そして、腿を包んでいる着物の前を手でわずかに開いた。

「た、確かめてくだされ」

硬い、突っかかるような言い方になる。閨房術の指南のとき、色香が足りないとよく注意されたことを思い出す。もしかすると珀も当時のことを思い出したのかもしれない。彼は苦笑めいた表情を浮かべて、喉をわずかに震わせた。

ツ、と珀の手が着物のなかへと入る。
強張る会陰部を指がじかに滑った。前後にゆるゆると手を揺らしながら、最奥へと進んでいく。

「…ぁっ」

窪みに触れられた瞬間、葛は思わず腰を上げようとした。

「踵《かかと》に尻をつけて座しておれ――――それでよい。蕾の具合を見よう」

乾いた指に蕾を摩《さす》られた。

「腫れてはおらぬな。細かく襞《ひだ》が寄って閉じておる……ん、どうした？　少し挿しただけで、こんなにもヒクつかせて」

粘膜の浅い場所を指先で小刻みに乱されて、葛は手で自分の腿を力いっぱい押さえつけた。ともすれば逃げを打って、脚が閉じ、腰が浮きそうになる。

「ああ……あ――」

ズズ…と指を進められて、葛は目をきつく閉じた。

しっかりした節が薄い蕾を通り抜けていくのがわかる。根元まで指を埋められ、掌で会陰部を押し上げるようにされた。腰を浮かすまいと、葛は懸命に正座を保つ。

「相変わらず狭い」

内壁を指で探られる。

「荒らされた様子はないの」

彬匡と交合しなかったことはわかってもらえたらしい。安堵すると、しかし。

「それにしても、熱い孔じゃ。発情しておるのか？」

耳元で囁かれて、葛は思わず睫を跳ね上げて珀を見た。

抗議のまなざしが困惑に固まる。

珀が口角をわずかに上げた。

「ああ、茎をこのように大きくしておるのか」

性器には触れずに、状態を言い当てる。触れずに、「視て」いるのだ。

珀の目はわずかに開かれており、影の糸が頬を伝っていた。それは珀の着物のうえを伝い、葛の衣の裾の開かれた場所からなかに這い込んでいた。

下帯さえつけていない葛の下肢の様子を、珀は至近距離で眺めているのだ。

「は、珀様――っ」

確かにかつてさまざまな痴戯を習ったけれども、このように術をもちいていたぶられるのは初めてだった。見られまいとして、咄嗟に珀の目を両手で塞ぐ。

「先端の実が泣きはじめた」

「珀様、見ないで……そんなに、……そこ、ぁ、う」

葛の身体を熟知した指が、内壁のよい場所を捏ねる。

肌が粟立つ。正座したまま腰がしなる。性器の先端からピッと先走りか精液かわからないものが散った。

「は……っ、…ん」

上体を立てていられなくなった葛は、膝を畳んだまま仰向けに身を崩した。

菊座のなかをぬぷりぬぷりと長い指が行き来する。

「珀…様──珀様」

名を繰り返し呼んで、拙《つたな》く誘う。

身体が昂ぶるほど、なにやら無性にせつなくて寂しくなる。それを踏み散らしてほしかった。大きな陰茎で毀れるほど突いてほしい。

けれども、珀は我に返ったように目を閉じた。影の糸が退いていく。粘膜のなかで螺旋を描きながら指が抜けていく。

両の脚を伸ばされ、衣を整えられた。頭の下に枕が入れられる。絹の夜具を肩口までかけられる。

「お前がいまだ、その身に彬匡を受け入れておらぬことは信じよう」

珀が信じてくれたのは嬉しかったが。

「やはり……」

まだ乱れたままの吐息で、葛はこれまであえて口にしなかったことを呟いてしまう。

「やはり俺とは、決して一線を越えてくださらぬのですか」

枕元に端座した珀は恨み言には答えず、静かに言葉を返してきた。

「ここにおるから、ゆっくり休むとよい」

「……」

望んでも無駄だと承知していたはずなのに、苦しくて、葛はすべらかな夜具を顔のうえまで引き上げた。

六幕　禍

それは山中の道から少し外れた森のなかに横たわっていた。

乳白色の朝靄《あさもや》に、それが発する濃密な匂いと、朽ち葉の香りが混ざり込み、漂う。一陣の風がその匂いを空へと吹き上げた。

冬枯れを迎えようとする木々のうえ、空に弧を描き連ねていた一羽の禿鷲《はげわし》へと、風は届いたようだった。禿鷲は上空から鋭い一瞥《いちべつ》でもって位置を見極め、急降下した。ばさりと大きな羽を鳴らして、枝に止まる。

振動で、いくらか残っていた葉が枝から剝がれた。

ひらりひらりと表を見せ裏を見せして舞い落ちた黄金色の葉が、赤黒く濡れた肉塊にぴっとりとへばりつく。

死肉喰らいの猛禽《もうきん》は、狂おしく光る目を真下のそれへと向けた。


鹿狩りから十日ほどしかたっていないのに、草紅葉の原はすっかり枯れ色に褪《あ》せていた。それを馬の蹄で踏みしだきながら、葛《かづら》は冬の訪れを感じる。

——里も、冬支度を進めているころだな。

この地から伊賀の里までは、そう遠くない。忍びの脚ならば、二日かけずに帰ることができる。しかし帰る日は決して来ないと葛は知っている。務めが終わればこの首は落とされる。もしも首から肉体を造りなおされたとしても、それはきっといまの自分ではないのだろう。

だから、もう二度と、決して伊賀の里に帰ることはないのだ。

寂しさの粒子が胸でザリザリと擦れ合う。寂しいという感情がくっきりと意識に上るようになったのは、彬匡《あきまさ》の体液を採取してからだった。

本当はもうずっと長いこと、寂しかったのだ。

たぶん伊賀の里に住んでいたころも。「珠」というモノの真実を知ってしまったときから、とても寂しかった。それを珀《はく》に埋めてもらうことを願ったけれども、叶《かな》わず。

「藤爾《ふじちか》様、お寒うございますか？」

斜め後ろの馬上から、少年が控えめに声をかけてきた。悄然とした姿勢を、寒《かん》によるものと勘違いされたらしい。葛は丸めていた背を立てて、雪丸《ゆきまる》という名の小姓を振り返った。

「むしろ気持ちのよい天候じゃ」

「なれども…」

雪丸が眦《まなじり》のくっきりした目を心配そうに細める。

彼は彬匡に仕える小姓のうちのひとりだが、名前と目の雰囲気とが、幼馴染の雪夜叉《ゆきやしや》を葛に思い起こさせる。年齢的に二、三年ほど前の雪夜叉だ。

——雪夜叉は、どうなったろう。洗われたのか、毀されたのか。

「やはり、お顔色が優れぬような」

「馬に乗りなれておらぬゆえ、少し怖気《おじけ》ておるだけじゃ」

言い訳をすると、護衛の家臣が口を挟んできた。

「さようなご謙遜を。先の鹿狩りの折に藤爾様が見事な手綱さばきをされておられたこと、この目でしかと見ましたぞ」

「あの時は——彬匡殿についてまいるのに無我夢中で」

彬匡が絡むと精一杯になってしまって、藤爾を装うのを忘れがちになることを、改めて反省する。

「万が一にも藤爾様がお風邪などめされたら、珀様に申し開きのしようもございませぬ」

心配性の雪丸から逃げるように、葛は少し馬の脚を速める。

遠乗りをしたいと我がままを言ったのは、昨日「やはり俺とは、決して一線を越えてくださらぬのですか」などという恨み言を珀に告げてしまったのが、ひどく気まずかったからだ。今日一日だけでも、珀から離れていたかった。

もしかすると、影の糸は蚯蚓《みみず》のように地を這って、いまも監視の目を光らせているのかもしれなかったが……。

野を渡って山の麓に近づいたところで、葛は手綱を引いた。

「どうなされました？」

雪丸と家臣も、速歩していた馬を止める。

葛は山道の入り口を示した。

「なにかあったようじゃ」

家臣は首を傾げると、

「ほんに。人が集まっておりますのう。よし、何事かそれがしが訊いてまいりましょう」

そう言って、馬を速駆けさせた。葛と雪丸も、馬を走らせる。

道が山へと入る場所、道祖神のあたりで何人かの村人が群れ騒いでいた。その輪の中心では女がふたり、へたり込んでいる。なんでも山菜を採りに山に分け入ったところ、恐ろしいものを見たのだと言う。

「恐ろしいものではわからん。なにを見たのか、申してみよ」

家臣が馬上から命じるが、女たちはいまにも気を失いそうな表情で歯を打ち鳴らし、首を横に振るばかりだ。

葛は馬から降りると、片膝をついて女たちと目線の高さを合わせた。

「口にできぬほど恐ろしいものを見たのでしょう。それはもう語らずともよい。ただ、場所だけ教えてくだされ」

袂でなかば顔を隠しながら、女はようよう答える。

「大きな洞《うろ》のある桜の木から森に逸れて、少し行ったところに……」

葛は雪丸と家臣とともに、馬で山道を進んだ。洞のある桜の大木は異形の風情で存在を誇示していた。そこで馬を降り、森へと入っていく。

木々のあいだを縫うように流れる風が運んできたなまぐさい匂いに、葛は眉間を硬くした。

「あ、これはっ」

雪丸が低木の枝に引っ掛かっていたものを掬い上げた。着物の切れ端らしい水色の布には、雲紋《くももん》が描かれている。それを握る雪丸の手は震えていた。

「もしや、その布に見覚えが？」

「これは……これは冬弥《ふゆや》の着物の紋様」

冬弥は雪丸と同じく彬匡に仕える小姓で、目鼻立ちに花のある少年だった。

「冬弥っ――」

雪丸は溺れる人が水を掻くように低木を掻き分けて、友の名を叫んだ。葛と家臣もあとを追う。強烈になっていく匂いに、葛の鼻腔は引き攣る。

と、石に蹴躓いたかのように雪丸が立ち止まった。彼はぽかんと口を開け、眼球が零れそうなほど見開いた目を、宙に向けていた。

……なにかだらだらと長いものが木の枝にかかっているのを、葛は見る。それは地に横たわるものへと続いていた。

家臣が短く声を上げたかと思うと、地に膝をつく。

「うぐっ……うー」

大の男が吐くのも無理ないほどの凄惨なありさまが、そこには拡がっていた。

おそらく冬弥だったのだろうそれは、雪丸が握り締めている布と同じ色と紋様の着物の残骸を身に着けていた。

少年の遺体は腰のあたりでふたつに捻じ切られ、その断面から溢れた管状の臓物が、木の枝へと端を掛けられていたのだった。

空には禍々しい輪を描いて旋回する鳥がいる。

「ぁ…あ…あ…あ」

ようやく事態が理解されたのか、雪丸がへなへなと地に蹲った。

葛は突き上げてくる吐き気を堪えて、なんとかその場に立っていた。

女中のタエが身を捻じ切られていたのも、この山の麓だった。

彬匡の顔が思い浮かぶ。

しかし目の前の亡骸は、刀で胴を分断されたようには見えない。上半身と下半身を逆方向に絞って胴を断つことが、果たして人の力で可能なのか。

「ふ、藤爾様」

家臣の男が近くの木に縋りつくようにして立ち上がった。

「それがしは、城……城にこのことを伝えてまいりますゆえ」

護衛の役目も忘れ、ただひたすらこの場を離れることで頭がいっぱいになっているらしい。男は葛の返事も待たずに、ふらふらと道へと引き返していく。

村人たちも山道を登ってきて、洞のある木のあたりで溜まっているらしい。家臣に何事があったのかと口々に問うのが聞こえた。

すぐにも亡骸を検めたかったが、とりあえず雪丸を彼らに預けたほうがいいだろう。そう考えて小姓を立ち上がらせようとすると、

「禍じゃ」

結った髪を両手で掻き乱しながら雪丸が掠れ声で呻いた。

「冬弥は、彬匡様の禍に摑まったのじゃ」

「……彬匡様の禍とは？」

尋ねると、雪丸は自身の口をバッと両手で覆った。

「言、言うておりませぬ！　なにも、なにも言うておりませぬっ」

そう叫び、雪丸は四肢を使って這うように道へと戻っていった。家臣と小姓の様子から

恐れをなしたのだろう。森に入ってくる者はいなかった。

葛は鼻腔を閉ざして腐臭を遮断すると、亡骸へと近づいた。血の染みた朽ち葉のうえに跪く。おぞましい肉の断面に唇を寄せ……動きを止めた。

——この血を読み解けなければ、俺は本当に力を失ってしまったことになる。

それを確かめるのが怖い。しかし、怖いからといって逃げたくはなかった。葛は心を奮い立たせると、ほとんどぶつけるように唇を落とした。

「ん……ん…」

もし見る者があったなら、葛の姿は死肉を食らっているようにしか見えなかったに違いない。

しばしのあいだ、葛は血を啜りつづけた。

「——!」

頭のなかで血の粒が弾ける感覚に、葛は大きく身震いして顔を上げた。背が弓なりに反る。

「……あ」

血液が次から次へと弾けていく。

劣化した血だから不鮮明ではあるものの、冬弥の身に起こった卑近の出来事が伝わってくる。なまじ絶命した人の血なだけに無念の色が濃く、葛は死人の訴えに耳を傾けるような重苦しい心地に囚われた。

得られたのは、亡くなるまでの半日足らずの記憶だった。

冬弥は、なにかはわからないが強い恐れに支配されていたらしい。一刻も早く出奔《しゅっぽん》しなければと追い詰められて、城をあとにしている。深く被った笠で顔を隠し、夕暮れ時に山道へと踏み入る。

夜の山には獣だけでなく、ときには盗賊の類《たぐ》いも出没する。冬弥はそれを知りながら、緋垣《ひがき》城から一歩でも多く離れたい一心で、山に入ったのだった。

大洞のある桜の木が、あたかも異界への口であるかのように見える時刻。

冬弥はその時、そこで、なにかに腰を摑まれ、一気に森のなかへと引きずり込まれた――ようだった。曖昧なのは、冬弥自身が錯乱状態に陥っているためだろう。

ただ、それは不測の事態に驚愕する錯乱ではなく、来るべきものが来たことによる絶望の錯乱らしかった。

すさまじい感情の渦と、腹部で炸裂《さくれつ》した熱。それが、血が伝えた冬弥の最期だった。

地に蹲っていた葛は、胃の内容物をすべて吐いた。吐くものがなくなっても、内臓が捻じ切れる体感にえずきつづける。

死を断片的にではあるが疑似体験したのだ。情報収集のためとはいえ無闇に人の体液を摂取しないようにと教えられた意味を、葛は身をもって思い知る。心身が落ち着きを取り戻すまでには、かなりの時間を要した。

そうしているうちに、家臣から事情を報《しら》された仙之助《せんのすけ》が駆けつけた。

仙之助は惨状に身震いして顔を蒼褪めさせたものの、特に叫んだり吐いたりすることなく、葛を助け起こした。

「このような場に藤爾様おひとりを残すなど、まことに申し訳ありませぬ」

言葉で心配するのとはうらはらに、仙之助の目は検分の色を秘めていた。

「おや、顎に血が」

硬い声に指摘されて、葛はまだ震えの残る手で懐紙を取り出し、口や顎を拭った。

「藤爾様、もしやなにか病をめしておいでなのでは？　さようなことなれば、我が藩には抱えの名医がおりますゆえ……」

仙之助は小姓の怪死より葛の病のほうに関心が向いている様子だ。タエのときと似た状況なのかもしれないが、それでも普通ならもっと取り乱すものだろう。

強い違和感を覚え、葛は推察する。

――もしや、このような死に様を目にするのに、慣れている？

タエと冬弥だけでなく、以前にも幾度となくあったことなのではないか。だとしたら、仙之助の様子も合点がいく。

葛は心を強くして、仙之助にまっすぐ問うた。

「この惨劇、もしや彬匡殿と関係があるのではござりませぬか?」

「……なにゆえに、そのようなことを」

「『彬匡様の禍』」

雪丸が口にした言葉をなぞってみると、仙之助は目を大きく揺らした。

「タエというお女中は、彬匡殿に折檻されたのちに何者かによって殺められました。こたびの冬弥もなにか彬匡殿に——」

そこまで言って、葛はハッとする。

冬弥は強い恐れに支配され、逃げるように緋垣城を離れた。彼はなにを恐れ、なにから逃げたのか。

——冬弥が城を出たのはまだ陽のあるうちだった。俺が彬匡と天守閣で会ったのがその後だったとすると……。

「彬匡殿を斬ったのは、冬弥なのか?」

葛が思わず口にした推測に、仙之助は震える溜め息をついた。それで、読みが正しかったのだと知れる。

仙之助は一度瞼を閉じてから、据わったまなざしを葛に向けた。

「緋垣城に長期滞在されるからには、いつまでも隠し遂《おお》せるものではありますまい」

「では、本当にお女中も冬弥も、彬匡殿に——」

「お待ちくだされ。断じて、彬匡様みずからが手を下されたわけではございませぬ。……禍がひとりでに起こるのでございます」

「禍が、ひとりでに?」

彬匡を庇っての虚言かと疑ったが。

「珍妙なことを申すと思われましょうが、お聞きくだされ……わたしが彬匡様にお仕えして七年ほどになります。その七年のあいだにも、タエや冬弥を襲ったような禍は幾度も起こってまいりました」

仙之助が感情を抑えた声で続ける。

「彬匡様の近くにおりながら害意をいだく者には、禍が訪れるのです。幼少のころから繰り返し起こってきたことらしく、わたしがお仕えしはじめた当初は彬匡様自身、記憶にないなかでみずからが手を下しているのではないかとお疑いになっておられました」

しかし、傍で仕えている仙之助は、禍が起こるときの共通点に気づいたのだった。

「禍は、彬匡様が寝所に籠もられている最中に起こるのです。眠りながら、どうやって人を殺めることができましょうや」

「……それならいったい誰が?」

「それはいまだわかりませぬ。ただ」

無惨な肉塊へと仙之助は視線を向ける。

「常人の仕業《しわざ》でないのは確かかと」

その点は葛も気になっているところだった。

釈然としないものの、仙之助の真摯《しんし》な表情を見れば、彼が真実を告げているとわかる。

「――されど、害意をいだく、というのはどのような？」

タエの場合のことを、仙之助は重い口で説明してくれた。

彼女は死のふた月前に、彬匡付きの女中になった。「彬匡様付きになると、禍が訪れる」という噂を彼女は信じていた――仙之助はこれまでの経験上、害意を持たぬ者には禍は訪れないと理解しているが、ほかの者たちは彬匡付きになるだけで不幸に見舞われると闇雲に恐れている。

そして、タエが彬匡付きになってひと月あまりがたったころ、離れた里に住む彼女の従妹が、初産《ういざん》で命を落とした。産褥《さんじょく》で亡くなるのはよくあることだが、タエはそのことを「彬匡様の禍」と吹聴して歩いたのだった。

それは彬匡の知るところとなり、件の池の畔での折檻となった。そしてタエはついには、おのれのいだいた「害意」によって命を失うに至った。

「そのようなことが……従妹の死は悪い偶然だったのでしょうに」

しかし、『彬匡様付きになると、禍が訪れる』という因果はくっきりと人々の心に刻みつけられたに違いなかった。

「冬弥のほうは彬匡殿に刃を向けた『害意』のために禍を受けたと」

「おそらく」

「なにゆえに彬匡殿に刃を向けたのじゃ？」

「それは……他藩のお方には教えられませぬ」

さらに問い質そうとすると、冬弥の亡骸を回収しに城の下人たちが踏み込んできた。一気にあたりが騒然となる。

枝にかかった臓物が外される。

葛は——というより、葛のなかの藤爾が、合掌《がっしょう》した。

遺体が運び去られて合掌をほどくと、仙之助がすいと耳元に口を寄せてきた。

「彬匡様に害意をいだけば禍を受けること、ゆめゆめお忘れめされぬよう」

山道へと立ち去る後ろ姿を葛は見送る。

——禍のことを教えてくれたのは、親切心からではなかったわけか。

主に間違っても害意をいだくな、という脅かしだったのだ。

七年ものあいだ彬匡に仕えていながら仙之助が無事に過ごせているのは、その忠心のためなのだろう。物静かな男の奥にある熱を垣間見た気がした。

ひとり残された葛もまた、人の道へと戻りかけ、ふと足を止めた。

すぐ足下、朽ち葉のうえで一条の影がゆるやかにのたくっていた。

「これまで城内を『視た』限りでは、彬匡の禍のことを話している者たちはおらなんだが」

怪訝な表情を珀がする。

彼は今日の葛の遠乗りを最初から追って視ていたらしい。冬弥の亡骸の状況も、仙之助との会話もすべて把握していた。

「きっと、口にするだけでも禍が来ると恐れているのでしょう」

「なるほど、恐れて、か。彬匡を直轄領に封じて月室《つきむろ》藤爾を機嫌取りに与えたのも、江戸に住まう緋垣家の者が禍を除けるためだったのかもしれぬな」

会話を他者に盗み聞きされないようにと、珀は寝所に結界を張っていた。もし天井裏や襖の向こうに間者《かんじゃ》がいたところで、ふたりの会話を拾うことはできないだろう。

「それにしても、珍妙なことよ。当人が眠っているあいだに、という仙之助の言葉が本当ならば、何者かが代わりに禍を起こしておることになる」

「なれど、仙之助も言うていたとおり、とても常人の技とは思われませぬ」

「確かに」

考える沈黙ののちに珀が口にした言葉は、葛をひどく驚かせた。

「彬匡には忍びがついておるのやもしれん」

「えっ⁉」

思わず大きな声を出してしまう。

そのようなことはまったく想定していなかった。

「我が国には何十という忍びの集団がおる。幕府から弱小藩まで、それぞれにお抱えの忍びを持っていることが多い」

「緋垣藩にもお抱えが？」

「特に耳にしたことはないが、少なくとも彬匡についている忍びがあるとすれば、能力から見て九鬼神流《くきしんりゅう》あたりが考えられる」

「九鬼神流……」

「この紀伊の地の、熊野《くまの》修験道《しゅげんどう》より発した集団じゃ。印と真言に長《た》けておる」

もともと忍びの祖は、修験道の祖である役小角《えんのおづぬ》であるとされているものの、実際のところは剣術や鉄砲術、兵法を主流としたものも多い。その点、修験道を主体とする集団は、強い呪力を行使するのが特徴だ。

確かに、冬弥の怪死も、呪力をもちいたとすれば説明がつく。

「珀様、その忍びを捜す手立ては」

「微細な気配は感じるのだが……いまのところ城内にそれらしき個体は識別できぬ。おそらく常から気を抑えておるのじゃろう」

葛は寒気を覚えて、膝のうえの手をクッと握った。

伊賀の忍術は甲賀《こうが》と一、二を争うほど高い。珀はその伊賀のなかでも指折り数えられる上忍だ。そんな珀を相手に気を隠せるということは、かなりの手練《てだ》れなのかもしれない。

「――向こうは、こちらが伊賀者であると、すでに摑んでいるのでしょうか？」

「そこが不可解じゃ。摑んでいる可能性は高いはずじゃが、もし摑んでおれば、とうにわしらは吊るし上げられておろう。ともあれ、この先は用心いたすに限る」

珀が隣室へと下がり、葛は褥に横たわる。

気が立ってしまって、とても眠ることなどできなかった。幾度も寝返りを打つ。

冬弥の死の疑似体験や九鬼神流の者と思しき忍びの存在もさることながら、自分の能力のことも、彬匡のことも、珀のことも、次から次へと頭をよぎる。

――冬弥の血を読み解くことはできた。俺の能力は、完全に失われたわけではなかった。

「珠」として機能した事実は、自己肯定の安堵を葛にもたらしてくれた。しかし、その安堵も彬匡の顔が浮かんでくると、頼りなく揺らぎだす。

――されど、欠陥があることに違いはない。肝心の彬匡の体液を読み解けぬのでは。

なぜ、冬弥の血は可能で、彬匡の血は不可能なのか。

崩れていく自信に冷たくなる指先を、葛は無意識のうちに齧《かじ》る。最近、この妙な癖がついてしまったせいで、指先の皮膚に血が滲んでいることがよくあった。気がついて、手を夜具のなかへと入れる。

考える。

もしかすると、なにかの不調で一時的に能力が衰えていたのではなかったか。今日、冬弥の血を読み解けたということは、復調したのかもしれない。

「だとすれば……今度こそ読み解けるやもしれぬ」

自分を励ますように呟いた葛は、夜具のなかで脚をもぞりとさせた。

山の岩場での口淫や、天守閣での接吻の感触をなまなましく思い出してしまったのだ。かすかに火照る首筋を掌で擦る。

葛は深く睫を伏せた。

胸のなか、ぽつりと一粒の雨が落ちていく。寂しさが小さな波紋を拡げる。

隣の間には珀がいるけれども、孤独感は癒されない。

むしろ珀のことを考えると、寂しさが胸に固着する。

――珀様は俺のことを信じておられぬのだ。

信じていないからこそ、今日の遠乗りも影繰りの術をもちいて見張っていたのだろう。

珀は、葛が密かに彬匡と会って肉欲に溺れるのではないかと疑っているのだ。それどころか、彬匡に溺れかけているために体液から得た情報を秘匿していると思っているに違いない。裏切り者と、厭う気持ちにすらなっているのではないか。

珀に迷惑をかけないためにも欠陥を隠そうと決めたのは葛自身だったが、慕っている人から悪いように思われているのは、やはりどうにもつらかった。

七幕　害獣

大気が冷ややかに乾ききったころ、城内で咳やくしゃみが頻繁に聞かれるようになった。

「感冒《かんぼう》でしょうか？」

葛《かづら》が気に掛けて問うと、珀《はく》は少し難しい顔をした。

「どうも、やっかいな性質《たち》の感冒のようじゃの」

その見立ては正しかった。

ほどなくして、感冒が流行した。高熱、嘔吐、関節の激痛を伴う悪性のもので、緋垣《ひがき》家お抱えの医者の処方した漢方薬はまったく役に立たなかった。日増しに増える病人たちは殿舎の離れへと移された。

城下町のほうでも大流行の兆しを見せ、人々は家の戸口に感冒除けのまじないを半紙に書いて貼り付けていた。しかし素人まじないが効くはずもない。死者も出はじめていた。

「……珀様、伊賀の妙薬ならば、この感冒にも効くのでは」

そう思わず口にしたのは、藤爾《ふじちか》の欠片が、葛のなかの未発達な良心をやたらに刺激するせいだった。

「効果は望めるじゃろうが、緋垣藩が弱るのは好ましいことよ」

葛と珀は月室藩《つきむろ》のために動いているのだから、確かにここは見て見ぬふりをするのが道理なのかもしれなかったが。

「されど、このままでは死人が増える一方」

「忍びに情け心は不要じゃ」

よけいな情けが任務に支障をきたすことは、よくよく教え込まれてきた。その時の契約者にのみ誠意を尽くし、冷静に冷徹に務めを果たす。それが正しい忍びのあり方だ。できるものならば、葛もその忍びの姿勢に座りきりたい。

しかし、救える者を見殺しにするのは人の道に反することだと、藤爾の魂が叫ぶのだ。ふたつの価値観に心を乱されて、葛の気鬱は日に日に増していった。

ついに城内でも人死にが出た。いつぞや広縁で葛——いや、彬匡《あきまさ》の暴行から救ってくれた藤爾に対して、深々と頭を下げた女中だった。

女中が亡くなった翌日、葛は常備している伊賀の妙薬を、病人たちが隔離されている殿舎へと持っていこうとした。重篤な者に飲ませれば、命を長らえることはできるだろう。

だが、珀に見つかって阻止されてしまった。

冬弥《ふゆや》の怪死から、もう一ヶ月ほども、珀は葛を監視しつづけていた。それこそ朝から晩までだ。葛が彬匡と密会して関係を深め、伊賀と月室藩を裏切るのではないかと危惧しているのだろう。

また、彬匡のほうも、天守閣での一件以来、どういうわけか葛に絡んでこなくなった。赤錆色の視線を感じることはよくあったが、それだけだった。

珀に監視されているうえに、彬匡から絡んでこないとあっては、三度目の彬匡の体液採取もままならない。歯痒さに葛は焦《じ》れていた。

葛から取り上げた丸薬を示して、珀は厳しい表情をしている。

「これを使って、敵城の者たちを救うつもりだったのか」

「……気持ちを抑えきれず」

「お前の優しさは、忍びにはよけいなものじゃ」

その言葉に、葛は眉を歪めた。

「俺の、ではありませぬ」

「ん？」

「この優しさは、俺のものではありませぬ。珠写しの儀でもらい受けた、藤爾様のもの……藤爾様はとても優しい立派な心立てのお方です」

胸にこびりついている惨めさに、声が震えた。

「姿かたちは等しくとも、藤爾様は俺とは真逆の、清らかな……」

ずっと出さずにきた心情を吐露して、葛は痛む目を伏せた。

長い沈黙ののち、珀が溜め息をつき、言った。

「この妙薬をそのまま使うのは、彬匡側の忍びに、わしらが伊賀者だと吹聴するようなもの。わしがこたびの感冒に効くものを調合し、それを配るとしよう」

思いがけない提案に、葛は濡れた睫を跳ね上げた。

「――よ、よいのですか、そのような」

珀が微苦笑を浮かべた。

「緋垣藩お抱えの『名医』には、よけいなことをすると疎まれようが、仕方ない」

「珀様……ありがとうございまする」

頭を下げると、珀が手を伸ばしてきた。顎を指で掬われる。閉じた目に顔を覗き込まれた。

「お前は思い違いをしておる。その優しさ、それは元からお前のなかにあったものじゃ」

「ち、違います。本当に。『人玉』と『珠』の関係は特殊で」

説明を試みようとしたが、それはふいの接吻で断たれた。

「……」

ほんの一瞬のことで、珀はすぐに身を離した。

久しぶりの珀との接吻に、葛はぼんやりしてしまう。

「お前の優しさは、里にいたころからのものじゃ。羽千媛《はちひめ》にもよう付き合うてやっておったの」

「羽千媛、に？」

「ああ。あれが洞穴の結界に挑むたび、お前だけが根気強く付き添い、慰めてやっておったろう」

　おそらく影繰りの術でもって視ていたのだろう。

　自分が自然に取っていた行動を見守り、優しさだと価値付けてくれる人がいたことに、葛は鼻の頭を赤くする。

　――もしかすると、思い違いをしていたのは、俺のほうだったのかもしれない。

　珀が影繰りの術を駆使して監視していると悪いように思っていたが、本当は心配して見守ってくれているだけなのではないのか。里にいたころのように。

　なんだか胸が温かくて苦しくて、葛は精一杯に想いを伝える。

「珀様。俺は藤爾様の代わりを務めきります」

「ああ」

　珀は頷き、少しだけ表情を厳しいものに戻した。

「お前の優しさは長所だが、忍びとしては短所になる。そのことを忘れず、心を律するのだぞ」

大きな鉢のなかの茶色い泥のようなものを、葛は匙《さじ》で掬い上げた。それを掌に落として両手を軽く擦り合わせる。玉状になったものを、盆のうえに置いて乾かす。

感冒用の丸薬だ。

こうして珀が調合してくれたものを、葛が仕上げているのだ。珀が患者を診るために留守にしているあいだ、ほとんどずっと葛はこの作業をしている。女中や小姓たちも時間の許す限り、手伝いに来てくれるようになっていた。

「お前のところの医者は、城の外にまでその胡散臭《うさんくさ》い薬をバラ撒《ま》いているそうだな」

広縁のほうから突如降ってきた声に、葛はハッとして目を上げた。柱に身をもたせて、彬匡が立っていた。

山中で黒駒に跨った彼と初めて会ったときもそうだったが、普通なら気づくはずの気配を、なぜか感知できないことがよくあった。

「あいつはなにを企《たくら》んでいる？」

「珀殿は、なにも企んでなどおりませぬ」

葛は彬匡から視線を外すと、作業に戻りながら言う。

「ただ、人の命がいたずらに失われるのを、医者として見過ごせぬのでしょう」

「そんな殊勝な玉か？」

彬匡は居室に入ってきたその足で、盆を蹴り上げた。生乾きの丸薬がざーっと畳に転がる。

思わず詰るまなざしを向けると、彬匡は片膝を立てて葛の横に座った。

「こんなことをちまちまやって、俺に対する嫌がらせか？」

「嫌がらせ？　なんのことです」

「お前も、ほかの者たちと同じことを思うておるのだろう？」

葛に横目を向けたまま、彬匡はふざけたように声を裏返らせると、口さがない女の喋り方を真似た。

「ご存知かえ？　こたびの感冒がことさら酷うござりますのは、彬匡様が禍を撒いておられるからだそうじゃ。あな、恐ろしや恐ろしや」

「……」

「仙之助《せんのすけ》から、俺がバラ撒く禍のことを聞いたそうだな」

一転して低い声で問われた。

どうやら仙之助は、逐一を主に報告するらしい。

「バラ撒く、とは聞いておりませぬ。彬匡殿に害意をいだいた者にのみ、と聞き申しました」

どちらでも大差ないと言いたげに、彬匡は視線を宙へ投げ飛ばした。

息遣いや体温を感じるほど近くにいるせいか、彬匡の体液から感じ取った寂寞とした想いが胸に甦ってきていた。雨など一滴も降っていないのに、あの岩場で聞いた雨音が耳の奥で続いている。

苦手な相手のはずなのに、なぜかこうして沈黙を共有していると、妙に落ち着く。

葛は自然に尋ねていた。

「彬匡殿は、どう思うておられるのですか？」

「なにをだ」

「害意のある者が滅んでいくことを」

あまりに直截的すぎる質問だったが、彬匡は唇の端をめくるように上げると、あっさりと答えた。

「どうも思わん。俺が手を下しておるわけでなし。……いや、わざわざ手を下さずにすむだけ楽でよいぐらいか」

専属の忍びに命じて殺《あや》めさせているようには聞こえない。

――とぼけているのか、それとも本当に彬匡自身は知らぬのか。

本来なら体液で簡単にわかることを、言動から推察しなければならないのが焦れったい。

ふと思いいたる。

――体液……いまが好機なのか。

珀は城下町に行って、人なかにいるはずだ。だとすれば、影繰りの術は使えない。

――いま、彬匡の体液を採ることができれば、今度こそ三度目の正直で読み解けるかもしれぬ。冬弥のときは、できたのだし。

思案しているうちに、いつの間にか赤錆色の視線は葛のうえに戻ってきていた。体液を……精液を採る行為を思って、葛は眸を緊張させる。

まずは、接吻を仕掛ければいいのか。それとも、甘えるようにしなだれかかるのがいいのか。考えているうちに、彬匡の顔が近づいてきた。

荒っぽい表情に鎧《よろ》われているため見逃しがちだが、意外なほどしっかりした面立ちをしているのだと、改めて気づく。鼻筋は強く、唇の肉は厚みがある。頬や顎の線は精悍で無駄がない。

彬匡が睫を伏せて、呟く。

「お前にも禍をくれてやろうか」

腹腔に響く声とともに、男の顔が傾けられる。

――このまま、性戯に雪崩《なだ》れ込めばよい。

頭では好機だとわかっているのに、なぜだか彬匡と唇で触れ合うのがふいに怖くなって、葛は顔をわずかに退《ひ》いてしまった。

唇を重ねそこねた距離で、視線が重なる。

彬匡の眸にもの狂おしい光がパッと拡がった。噛いに喉を震わせる。

「害獣に触られるのは、ご免か」

その蔑むまなざしは、果たして、葛に向けられたものだったのか、彬匡自身に向けられたものだったのか。

——……害獣。

田畑を荒らす鹿や猪や兎を、人は厭う。

彬匡はその、人に害をなし狩られる獣に自分をなぞらえたのだ……もしかすると、本当に自分が悪性感冒という禍を世に撒いていると疑っているのではないか。葛には、そんなふうに感じられた。

じんわりと近くにあった体温が、離れていく。

「……彬匡殿」

立ち上がり、居室を出て行こうとする男の背を、葛は見上げる。

そして、強い声で告げた。

「感冒は、彬匡殿とはなんの関係もありませぬ」

＊

強い脚が、馬の脇腹を蹴る。狂ったように走る馬のうえで男は空穂《うつぼ》から野矢を抜き、弓を構える。籐を巻かれた弦《つる》がぎしりとしなる。

男の赤く光る目が睨む先へと、矢は放たれた。

ビュッと風を切り、矢がすさまじい勢いで進んでいく。

葛のほうは、置いていかれないように馬を走らせるので精一杯だ。手綱を短く持ち、馬の首筋へとなかば身を伏せている。

そうしながら、彬匡の放った矢の行方を目で追っていた。

視界が悪い。

空から絶え間なく降るのは、紅葉ではなく、気が滅入るような重たい雨だ。

その雨に煙るなかで、矢は獣を射止めたようだった。大きな影がドウッと倒れる。

彬匡のあとを追って、葛は獲物のほうへと駒を進めた。

「彬匡殿?」

追ってきたはずなのに、気がつくと彬匡も彼の黒駒も見当たらない。

駒の足下に、さきほどの獲物が倒れていた。その身には深々と野矢が刺さっている。猪か鹿か見極めようとした葛は、眸を凍りつかせた。

「あ…」

確かに、矢を射たのは彬匡だった。

しかしいま、ぬかるみで倒れているのもまた彬匡だった。

わけがわからない。混乱しきったまま、葛は馬から降りた。彬匡の横に跪く。血と泥の混じった匂いがする。

彬匡は目を見開いたまま息絶えていた。赤錆色の眸が雨に打たれていく。

——害獣だから……。

彬匡は害獣を狩ったのだ。

鹿狩りのときに容赦なく狩ったのと同じ必死さで、禍をバラ撒く害獣《自分》を狩ったのだ。

「……違う、と」

葛は苦しく呟く。

「なんの関係もないと、言うた、のに」

いくら好ましい男でないとはいえ、あまりに痛ましい。葛は、彬匡の心臓を貫いている野矢を握った。ぐぐっと力を入れて、引き抜く。

着物の胸元を広げる。穿《うが》たれた孔からは血が止《と》め処《ど》なく溢れている。

「…………彬匡殿」

葛はその孔に唇を寄せた。まだ温かい血を啜る。

緋垣藩の弱みを摑むという本来の目的は、いまの葛のなかにはなかった。

ただ、必要だと感じたのだ。

誰かが、この痛ましい心を掬い取る必要があると。

＊

「葛──葛」

肩を揺さぶられて、葛は目を開けた。

枕元に座した珀が、心配の表情を浮かべている。

「ひどく魘《うな》されておったぞ」

──夢、だったのか。

葛は指先で唇を拭った。まだ口内に彬匡の血の味と温かさがなまなましく残っている。

「どのような夢を見たのだ？　悪い夢は言葉にしてしまえば散る」

促されたけれども、なにか後ろめたくて語ることができなかった。

自分の心の微妙な動きが理解できない。次にまた彬匡とふたりきりになったら、なにかおかしな反応を起こしてしまいそうな気がする。それが怖くて、葛はぽつりと言った。

「俺も城の外で珀様のお手伝いをしたい」

「それはならぬと前にも言うたはずじゃ。身体が弱い『藤爾』を、悪性の感冒を患っている者たちのなかへなど連れていけば、城の者に怪しまれる」

葛が表情を暗くすると、珀はそれを病人たちに対する優しさだと勘違いしたらしい。

「お前の気持ちの分もしかと診てくる。心を痛めるな」

そう言うと、不安を取り除く施無畏《せむい》の印を結び、釈迦如来の真言を唱えてくれた。

……まじないよりも接吻のほうがよほど効果があっただろうけれども、葛にはそれをねだる勇気がなかった。


「藤爾様、件《くだん》の感冒のお薬を分けていただけませぬでしょうか」

珀が城外の病人たちの診立てのために出て行ってからほどなくして、仙之助が葛を訪ねてきて、そう頼んだ。葛は薬を丸める手を止めて応じる。

「かまいませぬが、できれば珀殿の診立てを受けてからのほうが…」

「至急にいただきたいのです」

強く請われて、葛は桐作りの箱を開けた。

「何人分ですか？」

「ひとり分を」

葛は丸薬を十二粒、懐紙に包んだ。

「これを、朝晩にふた粒ずつ飲んでください。三日で治らぬときは、かならず珀殿に診てもろうてくだされ」

説明しながら渡そうとすると、仙之助はそれを持って一緒に来てほしいと言ってきた。なにか訳ありの様子だ。

丸薬の素の入った鉢に蓋をして、葛は仙之助に従った。これまで足を踏み入れたことのない本丸御殿の奥へと向かう。

廊下からずらりと畳の敷かれた広間に入る。金箔をあしらわれた襖をみっつを抜けたところで、仙之助は畳に膝をつき、さらなる奥の間へと声をかけた。

「藤爾様をお連れ申しました」

なかから呻き声のようなものが応えた。

仙之助が座したまま襖をすらと開ける。その人ひとりが通れる狭間を葛は抜けた。すぐに背後で襖が閉められる。

欄間《らんま》の透かし以外に明かり取りのない間には、行燈が点されていた。

天井からは御簾《みす》が下ろされており、褥に横たわっているらしい人影が朧に映っている。

「……来い」

濁った声だったが、それが誰のものかわかって、葛は眉を開いた。

悪性の感冒にかかったのは、彬匡だったのだ。

自分が蹴飛ばした丸薬の世話にならねばならぬとは、さぞかしばつが悪いに違いない。その可笑しさのせいで、ここのところ感じていた彬匡とふたりきりになることへの躊躇《ためら》いは薄らいでいた。

「失礼いたします」

御簾の横を回って、葛は畳に正座した。

彬匡は絹の夜具に、頭までもぐっていた。赤みのある髪ばかりが覗いている。

「彬匡殿は胡散臭い薬と申されましたが、三日も飲めば、ほとんどの者が熱が下がり、悪《お》寒《かん》も治まります」

「声が弾んでいるぞ」

くぐもった声はかなり不機嫌そうだ。

葛は思わず口元を緩めた。

「感冒にかかられて、よかったではありませぬか」

「なんだと」

夜具がもぞりと動く。

「ご自身が患われたことこそ、感冒と禍が無縁という証拠」

葛は枕元に置かれた盆のうえに丸薬を置いた。そこにある急須に触れると、ほのかに温かい。なかの白湯を薄焼きの碗にそそいだ。

「さ、薬を」

布団の端に手を置いて促すと、ふいに手首を摑まれた。かなり発熱しているらしい。男の手指は熱かった。

「彬……」

病人だと気を緩めていたのが、いけなかった。

すさまじい力で手を引かれて、葛の身体は前のめりに倒れた。腰に硬い腕が巻きついてくる。まるで獣の巣穴に引きずり込まれる獲物のように、葛は夜具のなかへと呑み込まれていく。

仰向けに身体を押さえつけられた。

わずかに行燈の光が届くだけの褥のなか、彬匡に覆い被さられる。

薄暗さ、男の高い体温、汗によるものらしい湿り気、荒い呼吸……露骨な淫靡《いんび》さを感じ取った葛の肌はざぁっと粟立った。

その淫靡な空気を振り払おうと、ことさら鋭くした視線で男の目を見る。

……赤い。

彬匡の目は赤く塗り潰されていた。

白目の部分がひどく充血しているだけだとわかっていても、やはり血が満ちているように見えてしまう。

「生意気な口だ」

その目が落ちてきた。唇に痛みを覚える。まるで噛み千切ろうとしているみたいに、下唇を前歯で噛まれ、容赦なく引っ張られる。

「い……っ」

痛みに頭を浮かせると、まるで葛から彬匡に口付けたみたいに唇が触れ合った。とたんに下唇が解放される。

後頭部が褥に落ち、葛はジンジンする唇に手の甲を押しつけた……いつの間にか、袴の紐をほどかれているのに気づいて、愕然とする。

彬匡が足で器用に袴を押し下げていく。

「あ、彬匡殿っ?」

「熟《う》んで仕方ない。お前が冷ませ」

乱暴に着物の裾を割って、脚のあいだに手を突っ込まれた。葛の腿が反射的に閉じる。ひんやりした内腿の肌に、熱い手指のかたちが刻まれる。閉ざされた場所を脚の付け根に向けてじりじりと手が進んでいく。

脅しではない。本気なのだ。

「や——やめ…」

習った閨房術も冷静さも、葛はまたしても彬匡に易々と忘れさせられてしまう。三度目の体液採取の機会だということすら失念していた。息を詰まらせ、広い肩を手で押し、かえって男の嗜虐心を煽る抵抗を試みる。

「薬……薬を飲めば、熱いのは、治ま――」

「脚を開け」

従わずにいると、もう片方の手で膝を摑まれた。病人のものとは思えない力で、脚を開かされていく。夜具のなかの蒸れるような湿り気がいやらしく肌にまとわりついて、葛の力を奪った。

がくんと脚が開いた。

引っ繰り返された蛙じみた姿、内腿の筋がヒクつく。露わになった白い下帯、その幅広の前垂れ部分を彬匡は咥え、臍のほうへと捲くった。

布一枚に覆われた性器が萎縮する。

彬匡が大きく開いた口で、その盛り上がった部分を覆った。

「ぁ――」

男の頭が激しく蠢き、まだやわらかな器官を歯や唇で揉みくちゃにする。唾液が布に染みていくごと、感触がなまなましくなっていく。

「う…ぁ」

裏の芯をぞろりと舐められて、おのれのものが早くも強張りはじめていることを、葛は知る。唇に挟まれた芯をゴリゴリと食まれれば、強すぎる刺激に腰が繰り返し跳ね上がる。

いまや、白い布はぺっとりと性器に張りつき、かたちばかりか、赤みがかった色まで透かしていた。なまじ暗くても目が利くだけに、夜具のなかの微細な様子までも葛は見ることができてしまう。

支柱のいただきを浅く口に含まれながら、下帯の股の部分を緩められる。指が強張る会陰部をじかにツツ…と這う。

蕾に触れられたとたん、葛は咄嗟に懐の仕込み扇へと手をやっていた。小刀を抜こうとして、すんでのところで踏み止まった。

明らかな害意を示せば、彬匡が飼っているのかもしれない忍びと正面から闘うことになりかねない。それは避けたかった。

粘膜のなかに入ってきた指が荒々しくのたくる体感に、葛は胸を波打たせながら耐えた。

「やわいだけかと思えば、意外と手応えがあるな」

忙しなく反応する内壁を味わいながら、彬匡が呟く。呟いて、濡れそぼった布ごと性器を深々と咥えた。

「ぁ、熱い…」

発熱のせいだろう。彬匡の口腔はものすごく熱かった。

その熱く潤んだところに性茎を包まれると、葛の脳まで高熱に浮かされたようになる。

痛いほど締めつけられ、小刻みに吸い上げられれば、先端からぬるつく蜜がとくとくと溢れ出す。

熱気と快楽で朦朧となっている葛の身体がうつ伏せに返された。膝をつくかたちで腰だけを高く上げさせられる。双丘のあいだを包む下帯を大きく横にずらされた。その分だけ性茎が圧迫されて疼きを増す。

臀部の肉の内側に、舌がぐにゅりと這う。先刻まで指を挿れられていた菊座をあられもなく舐められて、葛は身体を前に逃がそうとした。頭が夜具から出る。前に伸ばした手で布団を掻く。その手がビクビクッと震え、ぎゅうっと布団を握った。

「ん――ふ……舌――そんな、なかまで…ッ……」

粘膜を唾液でたっぷりと潤された。

……珀から閨房術の指南を受けたとき、ことに及ぶ前にきちんと濡らしてくれるのは相手への思いやりがある男なのだと教えられた。

しかし、彬匡の舌の動きはあまりに卑猥で、とても思いやりなどとは受け取れない。蕾と舌が溶け合うような感覚に、葛は頬や胸を敷布に押しつけて激しい嗚咽を漏らした。

「堪忍……堪忍、してくだされ」

根のほうまで挿れられていた舌が、ようやっと抜ける。

膝を開くかたちで腰を落としかけると、下帯をぐうっと摑まれた。股に布が食い込む。

「うう…」

腰を上げて、三日月のように背を反らした。

彬匡が身体を起こし、夜具の覆いが消えた。

葛の臀部や脚が剝き出しになる。その火照り色をした肌は発情の汗に潤み、行燈の揺れる炎を受けてぬめるように光った——この密室のなかで、なぜにこうも行燈の光が激しく揺れるのかを不思議に思う余裕は、交合を目前にしたふたりにはない。

彬匡が白い長着の帯から下を乱し、男の器官を握り出す。その大きく笠を張った先端が、少年らしい丸みのある臀部の狭間へと差し込まれる。

葛はびくんと身体を跳ねさせた。

——珀様とも……しなかった……してもらえなかった。

先走りに濡れそぼったいちもつで、双玉の裏から尾骶骨《びていこつ》までを行きつ戻りつしてなぞられる。淫猥すぎる感覚に葛の下肢は細かく震えた。

次第に蕾の周りばかりを擦られるようになる。何度か蕾に先端が入りかけ、体内に流し込まれた唾液がクチュ…と縁から溢れた。

欲しいなどとは思っていないはずなのに、焦らされていくうち、葛の体内は苦しく脈打ちだす。蕾がヒクついているのは、彬匡に伝わってしまっているだろう。

突き入れんばかりに重く宛《あて》がいながら、彬匡が暗い声で問う。

「どうだ？　害獣に犯される気分は」

追い詰められた葛は、ほとんど無意識に言葉を繰った。

「……獣が…害をなすわけではない」

鹿狩りのときも思っていた。

「そのままに、あるだけなのに」

猪も鹿も兎も、ただ生きるのに必要なことをしているだけだ。悪意で人の田畑を荒らすわけではない。人を傷つけたくて傷つけるわけではない。それなのに「害」で簡単に括《くく》られて、当たり前のように人から傷つけられる。

「知ったようなことを…っ」

苦々しい声音が背中に降る。

内臓を押し開かれていく痛みに、葛は詰まった声を漏らした。そこで初めて呑み込む男根は、指とも舌とも張り型ともまったく違う大きさとなまなましさだった。

「ふ……ぁ…」

狭い内壁が無惨に引き伸ばされていく。

発情のためか発熱のためかわからないが、彬匡のものは異様なまでに熱い。

「うえの口はいらぬことばかり喋るが――こっちはえらく慎ましやかだな。きつすぎて、頭までジンジン痺れがくる」

尻の丸みを握られて左右に拡げられる。

露わになった後孔を、短い抽送で揺らすように犯された。

「う……っ……あっ…あ」

次第に増えていく振幅に、葛は思わず背後に手を伸ばした。男の腰を掌で押して退けようとするが、力が入らない。

拒絶の仕種はむしろ彬匡の嗜虐心に火をつけたらしい。

「あ、あ、あ、あ」

臀部を腰で打ちすえられるたびに声が短く漏れる。

彬匡の手が葛の下腹へと伸び、下帯の前垂れを摑んだ。

その部分を目一杯引っ張られると、双玉も茎も布に潰された。潰されたまま、下帯を乱暴に揺さぶられる。硬くなった器官が淫蕩な痛みに煮えた。

「い、や——いた——ぁ、…んっ」

逃げたくて、なんとか腕を突っ張り、上体を持ち上げる。

まるで獣のように、四肢をついた姿勢のまま背後から犯された。葛は間断なく声を上げさせられつづける。開きっぱなしの唇から唾液が溢れ、顎から糸を縒って垂れる。

深々と突かれるたびに、下肢が意思と関係なくビクビク跳ねる。

布でいたぶられている性器が茹《ゆ》だる。

「う……そ…」

認めたくなかった。

快楽よりつらさのほうが強いはずなのに、確実に身体のなかの波が昂まっていく。

男根を呑んでいる場所がぎゅうっと締まっていく。葛の性茎は石みたいに強張り、震えた。

「あ――ぁぁあ、……ぁ……」

腰がビクつくたびに、下帯がもったりとした粘液に重たくなっていく。白濁まみれの布に性器を包まれる気持ち悪くて惨めな感触に、もがく。

「待て。もう……出る」

「え…」

男の強い腕に腰を抱き込まれた。

これ以上ないほど身体が密着し、繋がりが深くなる。葛は身体の外側と内側で、彬匡の痙攣をビリビリと感じた。

「ひ――ぁ」

粘膜を熱い粘液で打たれていく衝撃に、葛は眸を小刻みに震わせる。

初めて腹のなかに放たれる感覚のなまなましさに、鋭い嗚咽が漏れた。震える手足を蠢かして接合部分を外そうとするのに、却って臀部に男の腰がぐっと押しつけられる。

「く、啜りすぎだ…っ。う、んぅ」

身体の奥深くで硬いものがビクついていく。

なかに出し切られた。

打ちのめされた心地になりながらも、葛は精液の採取に成功したことに思いいたる。あとは安静にして読み解けばいい。

「も、う」

いまだ根元まで埋まっている器官を外そうと腰を伏せるのに、しかし彬匡のがっしりした腰が追ってくる。

「もう、なんだ？」

葛は掠れ声で媚を売った。

「あ、彬匡殿のお種を……もう、もう充分に、いただきました、ゆえ」

彬匡が荒ぶる呼吸で嗤笑《ししょう》する。

「何を言う。ようやっと孔がこなれてきたところ。これからが愉しみの本番だ」

葛の下腹に彬匡の手が伸びる。下帯越しに性器を鷲摑みにされ、揉みしだかれた。みずからの放った粘液がぐちぐちと音を立てる。卑猥すぎる体感に、葛の緩んでいた陰茎は淫らな芯を硬く通していく。

「い、ぁ、あ、ぁあ」

彬匡はふたたび性器をねっとりと使って、おのれの体液でぬめる深部を味わった。突き上げられるたびに、彬匡の精液を熟んだ粘膜に塗り込められる。

——……あぁっ…あぁっ…。

彬匡の心模様が——魂が冷えるような寂しさが、ひと突きごとに染み込んでくる。心身に拡がる耐え難い熱さと冷たさに、葛は手足を竦める。その胎児のようになった萎縮した肉体を、彬匡はいつまでも犯しつづけた。

奥の間が、ようやっと静かになった。

襖に背を向けて座っていた仙之助の、ずっと硬く張っていた肩の線が緩む。膝のうえに置かれていた拳が返され、ゆっくりと開かれた。掌には爪の痕が血を滲ませている。

俯いて傷を見つめていた仙之助は、ふと瞬きをした。視界の端のかすかな動きに気づいたのだ。

薄暗いため定かではなかったが、畳をなにかが這っている——と思ったのだが、瞬きをひとつするうちに、それは消滅していた。

仙之助はしばし訝しむまなざしを畳に向けていたが、溜め息をひとつつくと、顎をすうっと上げた。

もうしばらくしたら、奥の間の主に呼ばれるはずだ。

月室藤爾の着物を整え、崩れきっているだろうもとどりを結い直すために。

蚯蚓のような影が、すさまじい速さで地を滑っていく。城下町の賑わいのなか、それに気づく者はない。気づいたところで追えはしない速さだ。

それは町外れのあばら屋の、朽ちかけた戸の隙間へと消えた。

暗がりに溶け込むように座している男の頬を、黒い涙が遡る。

「……」

闇一色の目は細かい漣《さざなみ》を立てながら、長いこと宙を睨み据えていた。


もしかしたら三度目の正直が起こるかと期待したが、それは夢と散った。一昨日、犯されるかたちで彬匡の精液を得たものの、やはり情報を読み解くことはできなかった。

ただ、害獣とみずからを蔑む彼の荒《すさ》んだ心だけが、重苦しい塊として伝わってきた。

「もう箸を置くのか？」

珀が怪訝な顔をする。

葛の前に置かれた膳は、ほとんど手付かずだった。込み上げてくる咳を喉の奥で懸命に抑えながら、葛は頷く。

彬匡との性交のあと、彼から感冒をもらってしまったかもしれないと思って念のために伊賀の妙薬を飲んでおいたのだが、今朝起きてみたら頭と喉が痛くなっていた。本当に感冒を発症してしまったらしい。

「体調が優れぬのか？」

葛は首を横に振った。

「それならよいが――彬匡も感冒を患っているらしい。お前も気をつけよ」

珀がさらりと口にした言葉に、葛の心臓は竦む。

……彬匡と交合したことを、珀に報告していなかった。あの日、珀は城外の病人たちを診て歩いていたから、影繰りの術を使って「視る」暇はなかったはずだ。

彬匡か仙之助が珀に告げればそれまでだが、できれば知られたくなかった。

――あんな……あんな行為で、俺は。

珀にしてほしいと甘く願ったこともある一線を越える行為を、力ずくで強いられたのだ。恋情もいだいていない相手に乱雑に蹂躙《じゅうりん》されて悦んだ自分自身を、葛はいまだに信じたくないし、許せなかった。

せめても体内に放たれた精液から有益な情報のひとつも得られていたなら、「珠」としての機能をもちいたまでと納得することもできたのだろうけれども。本当に、無意味に散らされただけだった。

そのやり場のない惨めさと口惜しさを、藤爾の眩い倫理観が残酷に照らし出す。伴天連の教えでは、同性との性交は堕落の罪とされているのだ。

異教徒の価値観など関係ない。自分は藤爾の身代わりとして、務めを果たしたまでだ。

いくらそう思おうとしても、自身に対する否定感ばかりが膨らんでいく。

「では、わしは城内の病人たちを診てくるとするか」

膳が下げられ、珀が大きな薬籠箱《やくろうばこ》を手に居室を出て行くのを見送って、葛は壁際に置かれた桐の箱を開けた。感冒用の丸薬を口に含んで、そのまま飲み込む。

額に手を当てると、かなり熱い。

いま感冒を患っていると珀が知ったら、彬匡から感染されたと見抜くのではないか――考えすぎかもしれないが、少しでも勘繰られるものは隠したかった。

隠して、なかったことにしてしまいたかった。

八幕　氷雨《ひさめ》

　珀《はく》が城の内外で、みずから病人の診立てをし、また町医者たちにも薬の調合方法を教えたことによって、悪性の感冒はひとまず大流行を免れたようだった。

　葛《かづら》は珀に促されて、久しぶりにゆっくりと庭を廻った。景色はすっかり真冬の様相になっていた。

　張り詰めた大気と同様に、珀の横を歩く葛の肌もまた強張っている。

　この、ひと月足らずのあいだに、すでに五度も彬匡《あきまさ》に犯された。いずれも珀が城外に赴いているときのことだった。

　彬匡は、ほとんど本能的に、人の弱みに鼻が効くらしい。

　葛が犯されたことを珀に知られまいとしているのに気づき、抗おうとするたびに「お前の医者に告げてやろうか」と脅しをかけてきた。

　行為のあとは毎回、仙之助《せんのすけ》が性交の後始末をし、葛の身なりを整える。

　ひと組の主従に、葛は弱みを握られていた。

「……近いうちに雪が来るやもしれん」

　庭の一角に造られた枯山水に臨み、珀が大気の様子を読んで呟く。

葛にははっきりとした気配は感じられなかった。それにこの地は紀伊でも南寄りに位置する。そうそう雪は降らないはずだ。

どんよりと雲が立ち込める空を見上げていると、人の気配が近づいてきた。

仙之助だった。

彼は葛に一礼してから、珀に深く頭を下げた。

「こたびの感冒の件、どのようにお礼を申せばよいのか」

「顔を上げてくだされ。こちらこそ勝手をいたして、申し訳なかった」

「滅相もございません」

そう言う仙之助の目は、彼にしては鮮明な感謝の色を浮かべていた。

「もしも、珀殿が奔走してくださらなんだら、どれほどの死人が出たことか……しかも、それを彬匡様の徳としてくだされたそうで」

珀は、感冒に関する活動のすべては、緋垣《ひがき》彬匡からの命によるものだと人々に語っていた。

人質の身である月室藤爾《つきむろふじちか》の主治医が下手に名を立てては、なにか作意があると勘繰られかねない。それを防ぐために彬匡を隠れ蓑に使ったのが真相だったのだが。

去りゆく仙之助の後ろ姿を見送りながら、葛は呟く。

「今日はずいぶんと雰囲気がやわらかかったような」

「城の内外で主の評判が上がったのが、よほど嬉しかったのじゃろう。感情が薄いように見えて、なかなか情の深い男よ」

珀が胸の高さにゆるりと手を上げて、掌をうえに向けた。手相を見るように顔を俯ける。なんとはなしにその掌を見た葛は、目を見開いた。

「珀様、お怪我を？」

肉を抉ったような短い傷が、いくつも刻まれていたのだ。

「大事ない」

「なれど、そのような痛々しい」

「……」

葛がよく確かめようと手首を摑む前に、珀は胸のまえで腕を組むかたち、左右の手を互い違いに袂のなかへと滑り込ませた。

冬の庭を歩きだすその背には、質問を拒む硬さがあった。

――どうして、どのようにして、あんな傷が……。

葛は珀のあとを追いながら、自分の掌をじっと見つめた。

「珀殿」

病人が隔離されている殿舎から出てきた珀に、仙之助が遠慮がちに声をかけた。

「今日の診立ては終わられたのでしょうか？」

「済み申したが」

「皆の容態はいかがでございましょうや」

「もう重篤の者はおらぬゆえ、安心めされよ」

「ほんに感謝いたしまする、……」

仙之助は、なにか言いたげな様子で去ろうとしない。

「わしに、なにか用がおありか？」

珀が水を向けると、仙之助は「少しだけ、よろしいでしょうか」と、人気《ひとけ》のない土蔵の裏へと珀を導いた。

「厚かましいお願いでござりまするが、その——刀傷などによく効く膏薬をお分けいただくことはできませぬか」

「刀傷？　どなたかが怪我をされたのか？」

「いいえ、いま誰が、ということでは——」

言いよどむ青年へと静かに顔を向けていた珀は、わずかに唇の端を上げた。

「主のためのものか」

「……」

「そなたの主は、よう命を狙われておるそうじゃの」

「ど、どこからそのことを」

「目が見えぬと、自然と耳が利くようになるもの」

本当は、影繰りの術を使って彬匡と仙之助のやり取りから得た情報だった。

「……存じておられるならば、隠しても詮ないこと。お言葉のとおり、彬匡様は頻繁にお命を狙われております」

「もしや、山で無惨になっていた小姓に禍が起こったのも、その絡みか？」

なに食わぬ顔で水を向けると、仙之助は肉の薄い頬を強張らせ、眉根をきつく絞った。

「冬弥《ふゆや》は、彼奴等《きやつら》に忠心を売ったのです」

「きゃつらとは？」

「それは――」

勢いで唇を動かしかけた仙之助は、ハッとした顔で唇を結んだ。

いま、これ以上の話をさせるのは難しいと踏んで、珀はその場に片膝をつくと薬籠箱を開いた。そうして膏薬の入った大きな容器を仙之助に渡した。

「これを清潔な布に塗布して、患部に当てるとよい。傷口を閉じるように固定すれば、よほど酷く開いていない限り、傷は閉じ、化膿も避けられる」

「こんなにいただいてしまって、よいのですか」

「かまわぬ。また調合すればよいだけのこと」

「ほんに……ほんに、ありがとうございます」

珀は薬籠箱を持って立ち上がりながら、小声で青年に告げた。

「そなたの掌の傷にも塗っておくとよい」

仙之助が一重の目を瞠《みは》る。

わずかな笑みを青年に向けると、珀はその場を立ち去った。


月のない、ぬば玉の夜。

隠形の神である摩利支天の呪力をまとった男が、緋垣城の周りに廻らされた水堀に身を滑り込ませた。鯉がすいと泳いだほどしか水面を乱さずに広い堀を渡りきる。そうして、これまた鯉が跳ねたほどの水しぶきしか立てずに、水中から身を跳ね上げた。

それと同時に、縄がヒュンと宙を走った。その先端の鈎《かぎ》が高い白土塀のいただきに引っ掛かる。次の瞬間には、男は城壁の内側へと着地していた。

土塀横の松の木が、尖った葉をかすかに鳴らす。その一陣の風に掻き消されたかのように、男の姿はすでに消えていた。

突如の悲鳴に、葛は褥から飛び起きた。広縁へと走り出ると、すでに珀が庭に降り立っていた。ふたりは庭の暗さに乗じ、いまだ切れ切れの呻き声がするほうを目指して、なかば飛ぶように走った。

着いた場所は、葛が幾度か来たことのある本丸御殿の奥だった。……彬匡の伽《とぎ》をさせられた寝所に近い。反射的に込み上げてくる恥辱の想いはしかし、漂ってくる血の匂いに塗り潰された。山中で目にした冬弥の惨殺体が脳裏をよぎる。

近くまで行ったところで、呻き声はぷつりと途絶えた。

「あれは…」

白い砂を敷かれた奥御殿の庭に、人が倒れていた。手には刀を握っている。

葛は裸足で砂を蹴立てて青年に駆け寄った。

「仙之助——仙之助殿っ」

仙之助の目は深く閉じられており、顔面は蒼白だった。口の端から血がどろりと流れ出た。それ以外の動きは皆無で、すでに息絶えているように見えた。

慌てて仙之助の口元に手を翳《かざ》す。ほんのかすかな吐息が、葛の掌を撫でた。

「は…珀様、まだ息がっ」

仙之助の手首の脈を瞬時に読むと、珀は暗い表情になりながらも「手を尽くしてみよう」と低い声で言い、青年を抱き上げた。そのまま慌ただしく取って返す。

残された葛の目の前には、血を呑んだ砂が広範囲に拡がっていた……あの呼吸の弱さと、この出血では、珀の力をもってしても仙之助の命を繫ぐのは困難なのではないか。

「いったい、誰が」

呻くように呟いた葛は瞬きをした。

視線を感じたのだ。右のほうへと首を捻じ曲げる。

「あ」

葛の力なく開いた唇から、音が漏れた。

白州《しらす》に面した広縁に、彬臣が立っていたのだ。その手には刀が握られている。白い衣は鮮血でまだらに染まり。

彬臣は赤一色と化した目でしばし葛を見据えていたが、刀をぞんざいに振るって血を払うと、居室の闇へと消えていった。

御殿女中や家臣、小姓たちが、物陰から様子を窺っているらしい気配は感じるものの、誰も声のひとつも立てない。

静寂ではない、もの狂おしいほど濃密な沈黙の底に、白州は沈んでいた。

仙之助の傷は右肩からみぞおちにかけてと、左腰の二箇所だった。局所は外れているものの傷はかなり深く、珀の手による内臓の縫合がおこなわれた。

生死半々といったところだった。

葛と珀は、死人の様相で横たわる仙之助を挟むかたちで座禅を組み、左右の親指の側面をつけて手を握る薬壺印《やっこいん》を結んだ。医王尊《いおうそん》の真言を唱えて、治癒の補助をおこなう。

夜が明けても朝餉も取らずに、呪力をそそぎつづけた。

そうして、陽が南天を通り過ぎて西に深く傾いたころだった。

仙之助の瞼がかすかに動いたかと思うと、その唇から呻き声が漏れた。

葛は印を解くと、「仙之助殿、仙之助殿」と耳元で繰り返し呼びかけた。肉の薄い一重の瞼が、重たげに上がっていく。

珀が仙之助の手首を持って、脈を読む。そうして、ひとつ深く頷いた。山場を越えたのだ。

またすぐに眠りに落ちた仙之助の看病を女中に頼んで、葛と珀は少し休むことにした。珀は余力がある様子だったが、葛のほうは呪力を使いつづけて疲弊しきっていた。

湯を使ったあとの夕餉の席で、葛は重い気持ちで珀に訊いた。

「仙之助を斬ったのは誰でしょうか？」

「うむ」

酒を口に含み、珀が思案顔をする。

「あの時、彬匡は血のついた刀を持っておったな」

「はい……しかも、仙之助の様子を見に来ることもなく」

迷うような口調で言葉を止めると、珀に問われた。

「お前は、彬匡の所業と考えておるのか？」

「……」

状況からして、彬匡によるものだと考えるのが妥当だろう。けれども、葛は頷くことができない。眉間に皺を立てて黙り込んでしまうと、珀がゆるく溜め息をついた。

「わしは、彬匡の所業ではないかもしれん、という考えじゃ」

「なれど――」

「お前は気づかなんだようだが、あの場にはふたつの血の匂いがあった。ひとつは仙之助の血、もうひとつはおそらく彬匡の刀から匂っていたもの」

「……刀の血は、仙之助のものではなかったと？」

「そうじゃ。第三の者がいたのだ。彬匡暗殺を目論《もくろ》む輩がいるらしいからの。おそらくは刺客が彬匡の寝首を掻こうとして、返り討ちに遭ったのじゃろう」

珀の推察に、葛の気持ちはみるみるうちに晴れやかになる。

「それでは、本当に彬匡が仙之助を斬ったのではないと」

膳から身を乗り出すようにして確かめると、珀がかすかに頬を歪めた。

「彬匡の所業でなかったのが、そんなに嬉しいか」

「え……いいえ。そういうことでは」

「そういうことじゃろう。すでに幾度も彬匡の体液を得ていながら、わしにはなんの報告もせぬのが証拠」

珀が平坦な調子で続ける。

「初めて腹に含んだ男が、愛しうなったか」

葛は身体中の血が一気に下がっていくのを感じる。

──知って、いる？　珀様は……俺が、彬匡に……。

「こたびも仙之助の血から情報を得れば簡単であったものを、お前はそうしなかった。彬匡が下手人だと確かめたくなかったのであろう」

「俺は…」

重篤の仙之助を相手に血を啜ることを思いつかなかったのだ。

しかし、珀の指摘に心は大きく揺れていた。彬匡が最低の人間でなければいいと、無意識のうちに願ってしまっていたのかもしれない。

ただ、その心の動きは葛自身にも判然としなかった。

幾度か身体を重ねてしまったせいなのか、それとも、精液を受け取るたびに伝わってくる彬匡の寂寞とした魂のせいなのか。

「葛」

冷たい声に叱責される。

「お前は月室藩のために造られた『珠』。裏切りは許されんぞ」


仙之助は一命を取り止め、その容態は目覚しい回復を見せた。彼が珀を信じ、ひどく苦い薬を飲み干して養生に努めたためだ。加えて、葛や珀が呪力で治癒の補助をしたせいもあっただろう。

七日もすると立って歩けるほどになった。

その間、彬匡は一度たりとも見舞いに訪れもしなければ、容態を訊いてくることもなかった。江戸にいたころから七年も従ってきてくれた仙之助にぐらい最低限の情を示してもよいではないかと、葛は腹立たしく思う。

城内の者たちは、仙之助を斬ったのは彬匡だと思い込んでおり、すっかり怯えきっていた。そのことを知った仙之助は、

「わたしを斬ったのは、見知らぬ不審の者。せっかく珀殿が感冒の一件で彬匡様の評判を

上げてくださったというのに、わたしが捕り逃がしたばかりに」

と、口惜しそうな顔をした。

珀の推察どおり不審者の狙いは彬匡の命だったらしい。仙之助は暗殺の首謀者については明かしたくない様子で、ただ「わたしが命をかけても彬匡様をお守り申しまするよし」と繰り返すばかり。刺客の特徴なども語ろうとしなかった。

忠心を胸にして、いまだ癒えきらぬ身で側仕えに戻ろうとした仙之助に、しかし彬匡は「使えぬ奴はいらぬ。江戸に去《い》ね」という言葉を投げつけた。仙之助が杖をつきつつ彬匡にふたたびの側仕えを願い出るさまを、葛は幾度も幾度も目にした。

そしてついに彬匡は、「今宵のうちに去ね！」と怒鳴って仙之助を広縁から冷たい土のうえへと突き飛ばしたのだった。

見かねた葛は仙之助を助け起こしながら、「どこまでも人の心の通じぬ方じゃ」と彬匡を詰った。どれほど仙之助が彬匡に対して心を砕いているかを語ろうとしたのだが。

「藤爾様、もう……もう、よいのです」

仙之助はそう言って、葛を止めた。

そして、彼はその場に端座すると、月代《さかやき》が土で汚れるほど深く頭を下げた。

「彬匡様。仙之助は、江戸に参ります。これまで七年の歳月、彬匡様にお仕えできましたことを生涯の誇りにいたしまする」

彬匡は仙之助に一瞥を投げると、言葉もなくその場を去った。

仙之助は葛の呼びかけも聞こえぬ様子で、いつまでも土のうえに蹲っていた。


彬匡の「今宵のうちに去ね！」の言葉は、本気であったらしい。

仙之助はその晩のうちに城下町の医者のところへと移させることとなった。城を去る直前に、仙之助は葛の居室を訪ねてきた。珀も同席して、別れの場を持った。

命を救ってもらった礼にと、仙之助は風呂敷に包んだ貨幣を差し出した――おそらく彼の財産のほとんどなのだろう――が、葛は受け取らず、押し問答になった。

そこに珀が口を挟んできた。仙之助に持ちかける。

「本心からの感謝であるならば、違うもので示してはくれぬか」

「違うものと申されますと？」

「そなたは、もう彬匡殿の傍にはおれぬ。ほかの家臣たちは、正直なところ彬匡殿の危機に尽力することはなかろう。その上での相談じゃ。目は閉じていれど、わしはこれで腕が立つ。わしが彬匡殿を守る代わりに、先日言うておった『きゃつら』の正体を明かしてはくれぬか」

「――――」

さすがに人質も同然の主従に大事を教えるのは憚られる様子で、仙之助は長いあいだ黙考していた。

しかし、月室藩に秘密を握られるより、卑近に彬匡の命を狙う者たちのほうが、より大きな問題であると判断したようだった。

「……彬匡殿がご負傷めされることがあったとき、こたびのわたしの折のように助けてくださりますか？」

「誓おう」

仙之助は一重の目で鋭く、葛と珀を交互に見据えた。

自身に確かめるように、ひとつ深く頷く。

「わかり申した。おふた方を信じまする」

珀は微笑すると、促した。

「して、彬匡殿の命を狙うておるのは、どちらの者じゃ？」

「彬匡様の弟君、春匡《はるまさ》様のご母堂であられるお蓉《よう》様と、同じく春匡様の乳母であられる滝《たき》殿のおふたりにござります」

葛は藤爾の記憶を参照する。

「確か、彬匡殿と春匡殿は腹違いのはず……春匡殿を世継ぎに、という算段か」

「冬弥を刺客に使い、さらにはこたびの不審の者。かように立てつづけに、ということは、殿が領地にお帰りになる五月までに、ことを為すつもりかもしれませぬ」

珀が問う。

「そなたを斬った不審の者は、どのような者じゃった？」

「闇にまぎれて顔はよう見えませなんだが、黒装束をまとっておりました」

葛の背に力が入る。

――黒装束……忍びか？　しかし、彬匡にも「禍」を敢行する忍びがついている可能性があると、珀様は申されていたが。

珀もそのことを考えているのか、顎に手をやった。

「弟君の保護者どもが、対抗するために厄介な者を雇ったか？」

ひとり言してから、仙之助に尋ねる。

「彬匡殿の禍を実行しておるのが、忍びということは考えられぬか？」

冬弥の亡骸を前にして仙之助と話したとき、彬匡の禍が何者によっておこなわれているかは知らないと彼は言っていた。しかし当然、知っていて秘匿していた可能性もある。

「彬匡様が忍びを使われていると？」

仙之助は驚いたように目をしばたいたのち、考え込む様子になる。

「彬匡様がそのような者と会うておられるのを見たことはありませぬ……が」

「なにか思い当たる節でもあるか？」

「いえ、ただ彬匡様はおひとりでふらりと出歩かれることが多い方ゆえ、わたしの知らぬところで会うておられることは充分に考えられまする」

　おそらく仙之助にとっても、彬匡が忍びを使っていると考えたほうが理解しやすいことが、この七年間には多かったのだろう。

「側仕えの者が主の使う忍びを知らぬのも、珍しいことではないか…」

　珀はそう呟くと、緋垣家のことに話を戻した。

「ところで緋垣の藩主は世継ぎの件をどう考えておられるのじゃ？」

「藩主様は彬匡様が正気に戻ってさえくれればと、願うておられるご様子」

「正気に？」

「わたしがお側仕えになったころにはもうお心を乱されておられましたが、以前はたいそう情の深い明朗な人となりだったそうで……わたしは、この七年、時折ですがその片鱗を感じてまいりました」

　葛は心痛を覚えた。

「彬匡殿にとって、そなたを失うのはさぞかしつらいことに相違ない」

　自分のなかのまっとうさを信じてくれる人が身近にいるのは、大きな支えになる。その支えを彬匡はみずからの手で外してしまうのだ。

　仙之助は首を横に振った。

「わたしは、すっかり彬匡様に疎まれてしまい申した。おのれの非力が口惜しゅうてなりませぬ」

縁の赤くなった目で葛と珀をしかと見つめると、仙之助はいずまいを正し、深々と頭を下げた。

「彬匡様のこと、重ね重ね、よろしゅうお頼み申しまする」


仙之助が城を去ったとき、宵の雨が降っていた。それは葛が褥に入ってからも続いた。

眠れぬまま葛は天井の闇に視線を浮かべる。

胸のなかで、さわさわと虚ろな葉が茂っていく。

――来年の冬は、俺には来ない。

この世に未練があるのかと問われれば、あるともないとも答えられない。哀しい、はない。怖い、はある。

――寂しい。

それが一番、強い。

城を去る仙之助の後ろ姿にも、寂しさの影がへばりついていた。

雨の音がいつしか変わっていた。ざらりとした重さを孕んでいる。葛は布団から這い出して、肩に羽織をかけた。隣の居室を抜け、広縁への襖を開ける。

とたんに肌が痺れるほどの冷気に身を包まれた。

「あ…」

夜空から落ち来る雨は、崩れた雪を含んでいた。べしゃりべしゃりと地に打ちつけられる。

そういえば、珀が近いうちに雪が来るかもしれないと言っていたのを思い出す。あれは今夜のこの氷雨のことだったのだろう。

闇に強い葛の目には、氷雨はほの白い煌めきを宿して見える。

雪よりも鋭くて、雨よりもやわらかい。

心に馴染む天からの賜物《たまもの》を眺めながら、広縁をゆるゆると歩いていく。ときおり風が寄せてきて、葛の胸元へと下ろされている髪を散らす。

ふと気がつくと、東の庭を臨むところまで来てしまっていた。枝垂れ柳が霙《みぞれ》に打たれて、小刻みに震えている。

夜泊石の浮かぶ池は水鏡となり、ほの白い煌めきを倍にしていた。天空からの線と、池の底からの線が、波紋の中心でひとつに結ばれる。数え切れない線が結ばれては途切れ、途切れては結ばれる。

その情景に溶け込むように、ひとりの男が畔《ほとり》に佇んでいた。彬匡だ。

もしかすると、葛のなかに蓄積されていっている彬匡の魂の欠片が、葛をここに導いたのかもしれなかった。

斜め後ろから眺める立ち姿、彬匡の髪にも、濡れて肌にへばりつく白い衣にも、ほの白い光が宿っては消える。彼に近づきすぎたものは、霙のように消えてしまうのだ。

仙之助を消したくないから離したのだと、不可思議な確信をもって葛は感じる。

彬匡の手には、抜き身の刀が握られていた。

向こう岸の築山から流れ下った風が、池の面をざぁっと撫でた。彬匡の袂をばさりと撥ねたそれは、崩れた雪を巻き込んで、葛の素足に冷たくぶつかる。

自分の濡れた足から目を上げた葛は、眸を固めた。

返し手に握られた柄。刀の切っ先は彬匡の喉元に寄っていた。腕から刀へと、すさまじい力が張り廻らされているのが、見て取れる。

——……。

死んでほしくない。

確かにいま、そう強く念じている。

ただの「珠」という道具であるのなら、ここで彬匡が絶命してくれれば願ったりだ。月室藩は厄介な因縁から逃れられ、伊賀の里には多額の報酬が贈られるだろう。人質の「藤爾」も江戸に戻されるに違いない。

——そうして俺は毀される。

洗われるかどうかは別にして、それはいまここにいる葛の最期だ。

毀されたくないから、こうまで強く彬匡に死んでほしくないと願うのだろうか。それがまったくないとは言いきれない。

でも多分、そういう理屈は後づけなのだ。

——……ただ、死んでほしくない。

こんな孤独と寂しさの真ん中で、死んでほしくなかった。

腕に籠められた極度の力に刀が小刻みに震える。筋肉が焼き切れたかのように手指が緩み、柄が手から抜けた。彬匡は深く項垂れ、地に落ちた刀へと顔を向ける。

そして、刀をその場に捨て置いて、身を返した。

心の内側に入り込んでいるものか、伏せぎみの目には、広縁に立つ葛の姿は映っていなかったらしい。ほんの数歩の距離まで近づいて、彬匡はのろりと目を上げた。

赤く塗り潰された目を葛は見る。

初めて見たときは驚いたけれども、いまはそれが痛々しい心の表れだとわかる。

「………おったのか」

厭うような呟きとはうらはらに、彬匡は歩み寄りながら手を伸ばしてきた。

肘を摑まれる。

男の手の震えが、肌から骨へと伝わってくる。

わずかに低い目の高さから見上げられると、無性に胸が苦しくなった。いくつかの理屈が胸にちらつき、消えていく。

肘を引かれて身体が寄れば、彬匡の冷たさと熱っぽさが同時にじんわりと伝わってきた。

……葛は俯くように、わずかに首を前に倒した。赤い目が視界に拡がる。

九幕　黒龍

　その日、葛《かづら》は彬匡《あきまさ》によって城から連れ出された。目だけが出るように頭巾を被せられて、馬上の人になる。

　彬匡が繰る黒駒は城下町を早歩きした。

「あ、危ないっ」

　黒駒の前に子供が駆け出してくるのに、葛は思わず声を上げて、手綱を掴み引いた。足蹴にされずにすんだ四つか五つの子供を、母親が慌てて抱き寄せる。彼女はそのまま往来に膝をつき、頭を深く下げて畏《かしこ》まった。

「ありがと」

　母の腕に抱かれたまま、子供が馬上へと顔を仰向けて言った。

「あきまさのわかとのさま、ありがとぅ」

「これ、これっ、お前も頭を下げるんだよ」

　取り乱す母親にぐいぐいと頭を下げさせられながらも、子供は舌っ足らずに続けた。

「おっかあをたすけてくれて、ありがとぅ」

　彬匡はフンとつまらなそうに鼻を鳴らすと、黒駒をふたたび進めた。一軒の茶屋に着く。

この町では珍しい三階建ての造りで、店の主らしい真っ白い髪をした老婆は、彬匡を見てもまったく驚かなかった。彬匡のほうも勝手知ったるの様子で、最上階の部屋へと上がった。すぐに茶と菓子が老婆によって運ばれてきた。町の者たちが口にしているのだろう質素なものだ。

「この婆は俺の禍を受けるのが恐ろしくないそうだ」

忌々しげに彬匡が言うと、背の丸まった老婆は歯のない口でフォフォと笑った。

「生涯やもめの婆は、もう充分に生かさせてもらいましたからのう」

伴侶も子もないから、老いた我が身ひとつに死の禍が降りかかろうがかまわない、ということらしい。どこにも拗ねたところのない、気持ちのいい物言いだった。

ごゆるりと、と老婆は退いた。

互いの馴染んだ雰囲気といい、どうやら彬匡は頻繁にこの茶屋でくつろいでいたらしい。ひと間しかない三階は常に彬匡のために空けてあるのかもしれない。二階には三組の人の気配があり——よく利く耳で盗み聞きをしてしまった葛は、一気に顔を赤くした。

彬匡が性悪げににやつく。

「ここがどういう茶屋か、知っておるのか。いやらしい奴だな」

「い、いやらしい？　取り消してくだされ」

「なんだ？　いやらしくないとでも言うつもりか？」

「……」

葛の顔はいっそう色を重ねてしまう。

ここのところ、朝でも昼でも夜でも、彬匡は気分のままに葛をおのれの寝所に連れ込むようになっていた。珀《はく》に影繰りの術で視られているかもしれないとわかっていながら、葛は行為を拒まなかった。

珀はそのことを咎め立てはしないものの、最近めっきり口数が少ない。

彼はいまだに、葛が彬匡の体液からだけは情報を得られないことを知らなかった。葛が彬匡を気に入り、そのために情報を伏せていると思い込んでいる。

「珠」としての能力の欠陥は、里における珀の評価の瑕となる。だから、最後まで珀に事実を告げるつもりはない。

その代わり性交をして物理的に彬匡に近づくことで、緋垣《ひがき》家の情報や、彬匡が飼っているらしい忍びの正体を暴こうと考えていた。

ただそれは頭で考えている部分のことで、実際に彬匡と接しているときには、また別の力が動きがちだった。

仙之助《せんのすけ》が去った日、氷雨のなかで知ってしまった彬匡の孤独。

あの時に交わした接吻は、不思議なことに葛のなかに蔓延る虚しさを癒してくれた。その特別な心身の状態は、彬匡との交合の際にも訪れるようになっていた。精液を体内に放たれるごと、具体的なことはわからないなりに、寂寞としたやる瀬なさが骨の髄まで沁みてくる。魂が共振《きょうしん》を起こす。

傷ついた獣同士が互いの患部を舐め合うのにも似た、惨めな繋がりなのかもしれなかった。それでも、珀からも得られなかった安らぎめいたものを彬匡が与えてくれるのは、紛れもない事実だった。

肉体が極まった瞬間、このまま毀れてしまえれば、と思うことがある……ただ、その極みのあとには必ず、深い罪悪感が訪れた。

藤爾《ふじちか》の信仰する伴天連の教えでは、同性との性交は禁じられているのだ。動物のように欲望のまま快楽に溺れることも、悪行とされている。

しかし罪だろうと悪だろうと、彬匡に全力で肉体を狩られているあいだだけは奇妙なほど安心できた。残された時間を数えるのをやめることができた。

年を越し、緋垣城に来てから半年がたった。

——残り、六ヶ月か。

ぼんやりしてしまっていた葛の腕を、彬匡が掴んだ。

彼の座っている窓のそばへと引きずられる。視線で格子窓から下を見るように促された。

人々が行き交う城下町の往来を葛は眺める。

「活気があって、つつがない様子で」

「ああ。つつがない」

さして興味がない調子で、彬匡が続ける。

「お前が医者によけいなことをさせるから、地獄絵図を愉しみそこなった」

もし先の感冒が野放しになっていたらたくさんの死人が出て、こうして眺める往来はさぞや元気のない、閑散としたものになっていただろう。

そういえば、仙之助は感冒の一件で彬匡の評判が上がったことをとても喜んでいた。それで気づく。

――さっきの、ありがとぅ、はそういう意味だったのか。

『おっかあをたすけてくれて、ありがとぅ』

おそらく、あの子供の母親は感冒を患って命が危なくなったのだろう。そして、珀の薬で快復したのだ。珀の行為は彬匡の命ということになっているから、子供にとって彬匡は、母の命の恩人というわけだ。

彬匡がつまらなそうに鼻を鳴らしたのは、もしかすると困ってしまったためなのかもしれない。ちょっとおかしくなって頬に笑いを載せたら、彬匡に見咎められた。

「俺は地獄絵図が見られずに不愉快だと言ってる」

「申し訳ありませぬ」

「……」

彬匡が複雑な顔をする。

彼はなにかを言おうとするかのように口を開きかけたが、結局、その唇で葛の唇を塞いだ。触れ合うだけで葛の肩は大きく竦んだ。過敏さを恥じている間もなく、唇を吸い尽くされ、舌で口のなかをぬるぬると蹂躙される。

いつ畳に身を崩したかもわからなかった。

下の階の者たちのように、ここでことに至るのかと葛は困惑したものの、しかし彬匡はなぜか接吻しかしなかった。

葛も途中から我を忘れて、彬匡の舌をくにゅくにゅと舐め返し、溺れた。むしろその先に進んでもらえないのがつらくて、みずから脚を彬匡の脚にきつく絡みつけたりもした。まくれた袂から剝き出しになった両腕で彬匡の頭を抱えて、より深く舌を求めた。

――いやらしい……。

彬匡に指摘されたいやらしさを、葛は認めざるを得なかった。

本当に接吻のみで茶屋をあとにして黒駒に載せられて帰る道すがら、葛はずっと彬匡の胸元に顔を伏せていた。性交した以上に、無性に恥ずかしくて、誰の目も見られない心地だったのだ。

「城下町に、なかなか面白い放下師《ほうかし》たちが来ておるらしい」

彬匡が言うのに、襦袢だけをまとった姿で畳に正座して髪を結いなおしていた葛は、肩越しに褥を顧みた。

一糸まとわぬ隆々とした肉体を目にすると、嫌でも先刻までの行為がありありと甦ってきてしまう。昨日の茶屋での燻《くすぶ》りを発散するように、今日の彬匡はいつにも増して激しく、葛もまた下帯すらつけない姿にされたのだった。

全裸同士で重なり合う感触が、いまだ身体中に残っていた。

「放下師、ですか」

「見たことはあるか?」

「いえ」

嘘をつく。

伊賀では、里の者たちが放下師の大道芸の練習をしているのをよく見かけた。忍びがもちいる変装のうちのひとつだからだ。

変装はほかにも、深編笠を被って尺八を吹く虚無僧《こむそう》や、山伏《やまぶし》、旅商人などいくつもある。どれも、北は陸奥《むつ》から南は薩摩《さつま》まで、どの地に流れていっても馴染むもので、警戒されずに土地土地で情報収集をすることができる。

「そうか。なら、お前も観るといい。三日後に城に呼んである」

「……」

「なんだ、その胡乱な顔は」

「まさか、また蛇の芸とか」

見世物小屋の蛇と交わらされたときのことを思い出して眉間に皺を寄せると、彬匡が裸体を震わせて笑いだす。

「笑いごとではありませぬ」

ムッとして言うと、男は目を細めた。存外にやわらかい表情だ。

「ただの大道芸だ。卑猥はない。安心して楽しめ」

葛は安堵して、頬に笑みを載せた。

「されば、楽しみにしております」

特に意識して作った笑みではなかった。彬匡が自分を楽しませようとしてくれているのが感じられて、心が温かくなったのだ。

ふと、我に返る。

──俺ではなく……藤爾様を、か。

ともに過ごす時間が増えてきてわかるようになったのだが、どうも彬匡は初めから藤爾のことをただ憎らしく思っていただけではなかったらしい。憎らしさの裏側には、同じほどの心惹かれるものがあったのだ。

葛自身、藤爾の清廉な眩い魂に、拒否感と羨望を同じほどいだいているからこそ、わかる感覚だった。

彬匡がここのところ周りに無体を働かないのは、あの藤爾を自分のものにできているという満足感のためなのではないか。

――本物の藤爾様は、決して彬匡に身体を許さぬのだろうな。早々に、彬匡の刃の餌食になっていたやもしれぬ。

だからこそ替え玉の自分が緋垣城に来たわけだが、まがい物を手にして悦んでいる彬匡に対しては後ろめたい心地だった。

姿かたちがそっくりだというだけで、彬匡はいまもあの眩い魂を葛のなかに見ているのだろうから。

身なりを整え、彬匡の寝所から続き間を抜けて広縁に出る。

寝所に引き込まれたときはまだ南天にあった太陽が、すっかり西に傾いていた。自室へと戻ると、珀は漢方の調合の最中だった。

「……戻りました」

小声で告げたが、珀はかすかに頷いただけで黙々と作業をつづける。

あまりに淡々とした様子に、どうやら見られていなかったらしいと安堵する。もしも今日の激しい交わりを見ていたら、さすがに顔に滲むに違いなかった。

もしかすると、珀はなかば見放しているのかもしれないと、葛は思う。とても話しかけられないような見えない壁が、珀の周りには張り巡らされていた。

胸が軋むのを、堪える。

この気まずい関係も、続いたところであと六ヶ月なのだ。勢いだけでは乗り越えられない、かといって耐えられないほどではない、半端な長さだった。

「葛」

酒に漬けてから乾燥させた岩菖蒲《いわしょうぶ》を擂《す》り鉢《ばち》で粉にしながら、珍しく珀のほうから口を開いた。

「城の者たちも察しはじめておる。気づいたときはわしが結界を張っているが、お前も簡単なものでよいからことが始まる前に張るようにいたせ」

「結界を……？」

すぐには、なにについて言われているのかわからなかった。

「いくら寝所が奥まったところにあるとはいえ、存外、そういうときの音は通るものじゃ」

「……」

葛は瞬きをし、頬をカッと赤らめた。

珀は葛が彬匡の寝所に籠もるたびに、音や声が漏れないように結界を張ってくれていたのだ。おそらく、今日のことも把握しているのだろう。

「も、申し訳ありませぬ」

珀が顔を葛のほうへと向けた。抑えられた静かな声音が問う。

「彬匡を好いておるのか？」

葛の唇はわずかに開き、そのまま動かなくなる。

わからなかったのだ。

珀のことを、いまも慕わしく想っている。彼のために緋垣家や彬匡の秘密を得たくて行動している。

では、彬匡に感じるところがないかと言えば、そうとは言えない。

ついさっき、彬匡が放下師見物に誘ってくれたとき、確かに嬉しく感じた。そして自分が藤爾の代わりなのだと思い出した瞬間、身体は冷たくなり、心はしゅんと萎《しぼ》んだ。

答えられないまま葛が目を泳がせると、珀はそれを勝手に解釈してしまう。

「そうか。承知した」

「珀様…」

「疲れておるのだろう。夕餉まで休むとよい」

葛の言葉を封じるように、ふたたび草を揺る音が始まる。

いつもなら心を鎮めてくれる菖蒲の香りも、いまは葛の心を乱すばかりだった。

池を望む東の庭に、轟々と燃え盛る松明《たいまつ》が幾本も立てられている。夕餉もすんだ時刻、空はすでに暗い。

広縁には座が設けられ、酒と肴の準備も調っていた。もうすぐ放下師たちの芸がこの場で披露されるのだ。なんでも夜だけ観られる希代の幻術とやらがあるそうで、このような時刻の開幕となった。

女中も小姓も家臣たちも観ることを許され、庭の端にずらりと敷かれた茣蓙《ござ》に座る者たちの顔は一様に浮かれている。

ほどなくして、松明の近くに張られた暗幕のなかから、ぬっと白いたおやかな手が現れた。その手に握られた神楽鈴《かぐらすず》が振られると、十五個の小鈴が高い音を転がした。

まずは両手に神楽鈴を携えた女が三人、次に竹筒でできた小切子《こきりこ》を打ち鳴らす男ふたりが姿を現す。女たちはおかめの面を、男たちは翁の面をつけていた。

百八の小さな板を連ねた板ささらをシャラシャラと鳴かせて、綾藺《あやい》笠《がさ》を被った美女が小唄を歌いながら輪に加わる。

鈴を持った女三人が宙に高く飛び上がってとんぼを切ったのが、幕の始まり。

次から次へと披露される曲芸は、なるほど評判を得ているだけあって、洗練こそされていないものの人の心を底から湧き立たせる見事なものだった。

四人の伊達な若衆は鞠《まり》や小槌《こづち》、扇に独楽《こま》を無数に宙に投げ上げ、どれひとつ落とすことなくふたたび宙へと弾き戻す。黒繻子《くろしゅす》の夜空には、動く綾錦の紋様が織り出されていた。

小切子と神楽鈴と小唄が絶え間なく流れるなか、入道の風体の大男が現れる。男は手に太刀を握って場の中央で見得を切ると、顎を上げて大口を開けた。太刀をぐ…ぐ…と呑んでいく。見物の者たちは莫蓙から腰を上げて、どよめいた。

先刻の太刀を呑んだ入道の肩に少年が片足で立ち、手にした扇から水を噴き上げさせる。広縁に座していた葛はおのれの膝を拍子に合わせて叩き、身を乗り出して見入っていた。似たような芸を伊賀の里で見たことがあったが、それでも夢中にさせられるだけのものが、この放下師たちには具わっていた。

近くで喉笑いが聞こえた気がした。

我に返って横の彬匡を見ると、やはり唇の端が笑っている。笑われているのは、くるくるるととんぼを切るおかめの面の女たちの横で、何度もとんぼ切りを失敗する天狗の面の男ではなかった。

彬匡の目は葛へと向いていて、まともに視線がぶつかっていた。

「まるで童《わらわ》のように頬が照っているぞ」

からかわれて、葛は頬に手を当てて隠す。

「松明のせいでしょう」

「そういうことにしてやってもよいか」

少し意地の悪い、けれども温かみのある表情を彬匡が浮かべる。

……仙之助の話によれば、かつて彬匡は情の深い明朗な人となりだったという。それが本当のことだったのだと、初めて体感できていた。

放下師たちの芸も、いよいよ大取りを迎える。

夜しかできないという希代の幻術だ。

とんぼもまともに切れない天狗の面をつけた男が、ひとつの巻物を手にする。天狗の鼻がまっすぐ彬匡へと向けられた。

「ご覧《ろう》じあれ！　ここに取りいだしたるは、茫々《ぼうぼう》たるわだつみを渡りて大陸より来たりし巻物。巻物に描かれたるは」

男は巻物の紐を解いてザッと拡げると、左右の手に拡げ持った。

「これ、黒龍」

巻物には雲をまとう黒い龍の姿が描かれていた。

男の声は張りがあって若い。改めて見れば、かなり上背があり、身体つきも青年らしくしなやかだ。

「黒龍といえば、光も射さぬ深ぁい深い海の底に棲《す》まいし龍神。光を厭い、闇に属し、孤独に沈むもの狂い」

口上にかこつけて、緋垣のもの狂いを揶揄《やゆ》する。

神楽鈴も小切子も鳴り止んでおり、見物人たちは肝を冷やしてシンとする。しかし、天狗面の男はいっそう抑揚を強めて、切れのある口上で見物客の心を虜にしたのち、北の空を大きく振り仰いだ。

「今宵のごとき月なしの夜にのみ、深淵よりかの龍が現れいずると聞きおよびまする。黒龍が守りしは、それあちら、北の方角。あれ、黒き鱗《うろこ》が見えまするぞ！　ほれ、ほれほれ……」

男は巻物を北の空へと高く投げ上げると、見物人たちに背を向けた。

北の空をいっせいに見上げた者たちのなか、葛と彬匡、そして少し離れたところに座している珀だけが、天狗面の男を凝視していた。

かすかに聞こえてくる真言と、印を結んでいるらしき腕の角度。

次の瞬間、驚嘆の声があちこちから上がった。北の空の闇から、黒い巨大なものが地を目がけて駆け下りたのだ。轟と風が吹き、地に座した者たちは茣蓙と一緒にゴロゴロと転がされていく。

葛は彬匡の腕を掴み、逃げようとしたが遅かった。龍の呼気に引っ張られて、庭へと引きずり下ろされる。

まるで周囲に暗幕を張られたかのように、黒龍の幻がぐるりと彬匡と葛を囲った。

龍の鱗を背景にして、天狗面の男が立っていた。男は天狗の鼻を摑んで面を外した。二十歳になるかならぬかといったところか、眦にきつい色香のある、狐めいた面立ちの青年だった。その左頬には斜めに傷痕が走り、独特の凄みを放っている。

彬匡が腰の刀を抜く。

「お前、先日の刺客だな」

「肩をざっくり斬られて、あやうく片腕になるとこだった」

青年は唇の両端をきゅうっと上げた。

「ああ、けど、てめぇを守ろうとした奴は、刻んでやったときにいい声で鳴いたっけなぁ。あいつは死んだのか？」

仙之助のことだろう。彬匡が唸《うな》るように短く言う。

「生きておる」

「へぇ。またザクザクに刻んでやりてぇなぁ」

うっとりと舌なめずりをしてから、青年は目を鋭くした。

「けど、まずは、てめえだ。その命、黒龍に喰らわしてやるわ」

新たな印を結ぼうとする手に、葛は鉄扇の隠し刀を投げつけた。

青年は身を横に滑らせて、それを避ける。

「稚児風情が小器用なマネを――」

幻術を解く印を結ぶ葛に、青年は眉を歪めた。

「その印は伊賀の流れの……」

見抜かれて葛の気が乱れた。

「――伊賀の？」

隣で彬匡が訝しげに呟く。

「面白い。防げるものなら防いでみやがれ」

青年はにっと嗤うと印を結びなおし、呪力を放った。

すると、縁が刃物と化した黒い鱗が、四方からいっせいに襲い掛かってきた。

葛は咄嗟に防御の呪を自分と彬匡の周りに張って、鱗を跳ね返す。しかし、二度三度と立てつづけに撥ね退けられるほどの力は葛にはなかった。自分ひとりならまだしも、彬匡までとなると厳しい。なにより、敵との呪力が違いすぎた。

――この男……上忍だ…っ。

防ぎそこなった鱗が葛の頬をかすめる。肌がピッと切れた。

――まずい。このままでは。

手に鱗が刺さり、防御の印がほどける。

黒い波のように鱗が襲ってくる。堪忍にきつく目を閉じたのと同時に、地に身体が倒れた。大きな身体が押し被さってくる。

——え？

どういう状態かわからないまま、すさまじい破裂音の渦があたりを包んだ。

数拍、意識が揺らぐような感覚に呑まれる。

「う…」

瞬きをした葛は、自分に被さっているのが彬匡だと気づく。

「あ、彬匡、殿？」

彬匡の温かくて重い肉体が、葛のうえからどかされた。

「大丈夫かっ」

ひどく取り乱した様子で、珀が覗き込んできた。

「大丈夫、です。彬匡殿が庇ってくだされて……」

そう口にしてから、彬匡が身を挺《てい》して守ってくれたのだと改めて思いいたる。

「彬匡殿を診てくだされ」

起き上がりながらせっつくと、珀が彬匡の手首の脈を読み、手早く彬匡の身体を検めてくれた。

「心配ない。軽い傷ばかりじゃ」

「よかった」

彬匡の手を握り締めて、葛は安堵に胸を震わせる。

「……本当に彬匡が防いだのか？」

「俺の力では敵の術を跳ね返しきれなくなって——あの天狗の面の男は？」

慌ててあたりを見回す。

「きゃつは暗幕が破れてすぐに逃げた」

三人の周りには、黒い幕が破れたものが大量に散らばっていた。黒龍と見えたものは、これだったのだ。

「あの男、上忍のようでしたが」

「ああ。わしの呪力でも、幕に切れ込みを入れるのに苦労した」

「切れ込みなどと。一瞬にして敵の術を打破したではありませぬか」

「……」

珀がなにやら考え込む様子になる。

しばらくして、おそるおそる戻ってきた家臣たちに彬匡を寝所に運ぶようにと告げた珀は、葛を居室に運んで傷の手当てをしたのち、「一応はお前の命の恩人だからの」と溜め息をつきつつ薬籠箱を携えて彬匡の元へと赴いたのだった。

昨夜、鱗を模した円形手裏剣に傷つけられた手に軟膏を塗られながら、葛は珀に訊きなおした。

「あの天狗の面の男が——九鬼神流の？」

「黒龍の呪術と、あの顔の傷。九鬼神流の上忍、闇路《やみじ》に相違ない」

「されど、たしか彬匡殿が飼うている忍びも、九鬼神流かもしれぬという話だったのでは？」

「その線が濃いと見ていたのだが……闇路の呪力を破ったのも、おそらく彬匡の飼うておる忍びじゃろう」

ズタズタに破られた暗幕を葛は思い出す。

「あれは珀様のお力では？」

「いや、わしは切れ込みを入れただけじゃ。そこから侵入しようとしたところ、暗幕に赤い罅《ひび》が無数に走って闇路の術が破られた。それに、あれだけの術からお前を庇いながら、彬匡が軽傷というのも面妖。おそらく彬匡付きの忍びが守ったのじゃろう」

闇路の術に対抗できるほどの忍びというわけだ。

だが、葛は彬匡の傍にいてもその忍びの気配を感じたことはなかったし、黒龍に捕らわれているときも同様だった。得体が知れず、なんとも不気味だ。

「いったい、彬匡殿を守っているのは……」

「彬匡を呼び捨てせぬようになったの」

思いがけない指摘をされて、葛は自分の言葉の変化に気づかされる。言葉の変化とはすなわち、心の変化だ。

数日前、珀に『彬匡を好いておるのか？』と訊かれたときは、葛自身も本当に答えがわからなかったのだけれども。

改めて、自分に問う。

——彬匡殿を好いているのか？

思い返せば、闇路の術中に嵌まったとき、葛はほとんど無意識のうちに彬匡をも守っていた。そして、自分を守ってくれた彬匡の生存を確認したとき、心から安堵した。

彬匡の寂寞とした魂や、垣間見せる温かみのある表情に、惹きつけられる。

自分のなかの虚無を踏み散らしてくれる彬匡の肉体を焦がれることが、最近よくあった。

……珀に対する想いよりも複雑で、心も身体も振りまわされてばかりで整理のしようがない。

そんな混沌としたものを恋情と呼んでいいのかどうか、その道に通じていない葛には判じることができない。

思い悩む葛に、珀が声をかけた。

「雪丸《ゆきまる》が来る」

言葉どおり、ほどなくして雪丸が訪れた。彬匡が葛——藤爾を呼んでいるという。

こんな乱れた心で会いたくない気持ちもあったが、珀の傍にいるのも気まずくて、葛は雪丸に従って彬匡のところへと向かった。

居室に通される。大きな負傷はないはずだが、脇息《きょうそく》にもたれた彼は妙に疲弊しているように見えた。それでいて、目には人を圧する力がある。

葛が差し向かいに座るや否や、彬匡は口を開いた。

「お前は、何者だ？」

突然の核心を突く問いかけだった。葛は動揺を押し隠して、軽く答える。

「何者とは、おかしなことを」

「おのれの名を言うてみろ」

「——月室《つきむろ》藤爾にございます」

彬匡の涙袋が苦々しげに引き攣る。

「月室家の者は呪術を操るわけか？　あの天狗男、お前に伊賀の流れがどうのと言っておったな」

「…………」

あの場では仕方なかったとはいえ、印を結んで真言を唱えたのはまずかった。月室藤爾がそのような術を使えるはずがない。

彬匡と葛は険しい表情で互いを見合う。

「真の素性を言え。言わぬと、月室家はお取り潰しになるぞ」

葛は答えに窮する。「珠」としての務めは、藤爾の代理をやり抜くことだ。しかし、月室家がお取り潰しになったのでは、元も子もない。とはいえ、ここで伊賀者であると明かしてしまえば、里にも珀にも多大な迷惑がかかる。

冷たい汗を流す葛の背後で、襖がすらりと開いた。

「大事の話ゆえ、場に加えていただく」

現れた珀は、もはや医者の仮面を脱ぎ捨てていた。伊賀の上忍としての妖しい気配が濃厚に匂い立つ。

葛はひと目で、珀が正体を明かすつもりであることを理解した。

「珀様……申し訳ありませぬ」

「仕方のないこと。気に病むな」

主従が逆転した会話に、彬匡は目をしばたき、苦笑した。

「医者のほうは臭い臭いと思うておったが。対で騙《だま》しに乗り込んできたわけか」

珀は葛の斜め前に胡坐《あぐら》をかいて座した。

「揃って伊賀者か？」

彬匡の質問に、珀が質問で返す。

「忍びなど珍しくもないはず。そなたも飼うておろう？」

「俺が？　なんのことだ」

彬匡がひどく怪訝な顔をする。

「そなたに命じられて禍を実行しておるのは、忍びであろう。術で黒龍を破ったのも――

――覚えがないのか？」

葛の目からも、彬匡が知らぬふりをしているようには見えなかった。

「……俺が禍を命じているだと？」

彬匡は脇息を弾き飛ばして、床に置かれていた刀を握った。鞘から引き抜いたその切っ先を、すさまじいまなざしとともに珀へと向ける。

「俺の禍を実行しておる者などおるなら、この手で切り刻んでくれるわ」

どうやら、彬匡は本当に忍びを飼ってはいないらしい。

実際、もし腕の立つ忍びがついているのなら、珀と葛が伊賀者であると見抜いてとうの昔に彬匡に報告していたはずだ。いまさら、こうして詰問する必要などない。

――されど、それでは誰が……？

「そうやって攪乱して、おのれらの素性語りをうやむやにするつもりか？」

「そのようなつもりはない」

珀は鮮明な口調で明かした。

「わしも、ここにおる葛も、伊賀の忍びじゃ」

長い沈黙ののち、彬匡は葛を睨むように見た。

「葛、というのか」

「……はい」

「よくも、俺を長いこと騙してくれたな」

低められた声が背骨に沁みる。

──彬匡殿の怒りは当然だ。

高潔な藤爾だと思って苛み、身体を交わした相手が、実は偽者のうえに曲者《くせもの》だったのだ。全力で狩ったぶんだけ、腹立たしさもひとしおだろう。

この非道な男が温かみのある表情を垣間見せたのも、闇路の術から咄嗟に葛を守ったのも、藤爾を想っているからこそだったのだ。

そもそも、藤爾の入城を待てずに山中まで黒駒で迎えに行ったほど、彬匡は藤爾に心を囚われていたのだ。

ある意味、葛は彬匡の藤爾に対する気持ちを踏み躙《にじ》ったのかもしれなかった。

「申し訳ありませぬ」

決して口先だけではなく、葛は深く頭を下げて詫びた。

「……ッ」

刀が投げるように置かれた。珀がゆったりと問う。

「して、彬匡殿。わしらをどう処分いたすつもりじゃ？」

「大人しく処分されるつもりなどないくせに、よく言う」

「処分されるつもりはある――そなたに処分をおこなうだけの技量があるならの」

「珀、お前はえらく腕が立ちそうだ。処分する前に、俺が処分されるのがオチだろう」

「もの分かりのいい、もの狂いよ」

彬匡が自嘲に喉を鳴らす。

「お前たちはどうせ月室家に雇われて、盗み聞きなり小細工なりをしに来たのだろう。これまでどおり、こそこそと好きにしろ」

意外な言葉に、葛は思わず身を乗り出した。

「そんな緋垣に不利益になるようなことを、なぜ」

彬匡はやはり憎々しげな顔で葛を見て、問い返してきた。

「なぜ俺が緋垣を守らねばならん？」

珀が隣の間に下がってからずいぶんになるが、葛は褥で考えを繰りつづけていた。

彬匡の居室を辞してから珀と話し合ったが、とりあえず彬匡の提案は自分たちに不利なものではないから様子を見つつ滞在を続けよう、ということになった。

相手が彬匡だから口先だけでいつ罠を張ってくるかわからないと珀は言っていたが、それはないだろうと葛は思う。

『なぜ俺が緋垣を守らねばならん？』

あれはきっと、彬匡の本心だ。

彼は他者も自分も同じように狩る。緋垣の一族に対しても同じなのだろう。

――……飼われている忍びはいなかった。身の周りで起こる禍の実行者を、彬匡殿は本当に知らないのだ。

自分に害意を向けた人間が勝手に死んでいくのは、どれほど恐ろしいことだろう。

その上、異母弟の母と乳母から刺客を差し向けられつづけてきたのだ。素人では暗殺を遂げられぬと踏んで、ついには九鬼神流の上忍まで使って。

そんななか、禍に満ちた自分の傍にいては命が保たないだろうと、彬匡は唯一の味方である仙之助を追い払ってしまった。

――全力で手に入れた藤爾までも、偽者で。

彬匡が藤爾に対して心をやわらかくしかけていたのを知っているだけに、胸が苦しく疼く。瞬きをすると目の際《きわ》から涙が落ちた。

なんの涙なのかと考える。

彬匡に対する哀れみだろうか。違うような気がする。もっと身勝手な涙だ。

――彬匡殿にとって意味がある人が俺でないのが、つらい。

今日の昼、彬匡に呼ばれるまでは本当に恋情と呼べるものなのか確信が持てなかった。でも、いまははっきりとわかる。

「……彬匡殿」

珀にも聞こえないように、口の動きだけで呟く。呟くごとに、恋情は鮮やかに色づいていく。

あと半年、残りの時間を彬匡の傍で過ごせることが嬉しい。藤爾にはなれないし、仙之助の代わりにもなれないだろう。

それでも騙したことを彬匡が許してくれるなら、彼の孤独の片隅を埋めるぐらいのことは、もしかしたらできるのではないか。いや、許してもらえなかったとしても、九鬼神流の刺客から彼の命を守る忍び刀ぐらいにはなれるのではないか。

ひとり善《よ》がりは承知している。

それでもそう考えるだけで、この先の一日一日に定かな意味を見出すことができて、葛のなかの虚しさは消えていくのだった。

片恋で終わるとわかっているからこそ、足掻かずに純粋であれる気がする。

つらさと不思議な温かさを胸に、葛は眠りについた。


春を間近にしながらもまだ冷たい夜気が、脚の素肌を滑った。肩のあたりも寒くて、葛は横倒しにした身体を丸める。

「ん…」

夢うつつのなか目を閉じたまま、退けてしまったらしい夜具を脚で探るが、見つからない。手で敷布のうえを撫でるが、やはり見つけられなかった。

仕方なく目を開いた葛は、闇のなかに人影を見つける——と、口を大きな手で塞がれた。

重い瞼を撥ね上げて、相手を凝視する。

——彬匡殿。

いまは明らかになった彼への想いに、胸は正直に高鳴った。

彬匡が不機嫌そうな苦い顔で、葛の深く捲くれた衣の裾へと手を伸ばす。露わになった脚の側面に、熱を帯びた男の手が押しつけられた。

その手が薄い肉を揉むように荒っぽく蠢きだすのに、葛は首を横に振った。

触られるのは決して嫌ではない。むしろ、藤爾でないとわかったうえで触れてくれることに、驚きと悦びを感じている。

けれども隣の間では珀が寝ているのだ。口を塞がれているから視線で隣室を示し、内腿に入り込んでくる手を握って退けようと試みる。

彬匡に覆い被さられて、葛の身体は仰向けになった。耳の孔の奥まで温かい吐息が入り込んでくる。鼓膜に低い声が当たる。

「やらせろ」

口から手がずれて、葛はほとんど音にならないほどの小声で訴える。

「ここでは……できませぬ」

また鼓膜を重く揺さぶられる。

「俺を騙した罰だ。逃がさんぞ」

絶対にここではできないと思うのに、彬匡は罰したいだけなのだろうに、逃がさないと言われて葛は甘い痺れを心にも身体にも覚えた。負の感情でも執着してもらえるのが嬉しい。

なにか、これまでにない、なりふりかまわぬ激しさが葛の心に宿っていた。

いや、心ばかりではない。焦れた彬匡に腿を力ずくで押し開かれただけで、あり得ないほど卑猥なことをされているような爛《ただ》れた劣情を掻き立てられてしまう。

脚のあいだに厚みのある男の腰が入ってくると、身体が芯から震えた。

「や…」

衿の重なりを毟《むし》るように開かれ、胸を剥き出しにされる。闇に沈むやわい素肌を、舌が忙しなく這いまわる。呼吸すら抑えようとして、胸が泣くみたいにわななく。

いつの間にか粒になっていた乳首を、湿っぽい音をたてながら小刻みに吸われていく。

「んー……」

声を堪えても、喉が甘く音を引いてしまう。

脚の狭間の下帯を緩められた。本当にここで交合する気なのだ。

ふたたび弱く抗いはじめた葛の、いくぶん縁が腫れぎみになっている蕾に指が載せられる。簡素な襞を意外な優しさで繰り返し撫でられれば、なかの粘膜がトクトクと脈打ちはじめる。懸命に籠めていた力が毀れた。

「……!、……」

溢れそうになる声を、葛は中指の先を嚙んで殺した。

男の太い指を根元まで咥えさせられた孔が不安定にヒクつく。手を脚のあいだに伸ばして、猥褻《わいせつ》をおこなう男の手首を摑む。その肌はしっとりと汗ばみ、欲に発熱していた。

二本目の指を粘膜に埋め込みながら、彬匡は真上から葛の顔を覗き込んできた。

目が合う。

「かづら」

本当の名を呼ばれたとたん、あからさまに葛の内壁はうねった。

「……葛」

また、粘膜が彬匡の指を捏ねた。

彬匡はなにか苦しいような吐息を短くつくと、急に指を引き抜いた。

ひどく慌ただしく、股間の布が引かれた。腰に巻いてある下帯の輪から前垂れ部分が抜けて、反り返った茎も双つ寄り添う玉も、乱された菊座までも露わになる。

「彬匡殿、待――――ぁっ」

身体を重ねてきながら、彬匡が荒い呼吸で囁く。

「裂けたら、珀に薬でも塗ってもらえ」

珀の名前を出されて緊張を高めた孔に、太い幹を斟酌なく進められる。身体全体がパチパチと火花を散らす感覚に、葛は悶えた。

「あ、ぁっ、あぁ」

声など抑えられるはずがなかった。

怒りに昂ぶっているためか、彬匡のものはこれまでにないほど激しく屹立《きつりつ》していた。

「は……う……ッ、う、んんッ」

葛は彬匡の微細な動きにも声を撥ね上げてしまう。

――なに……？　俺の…孔、おかし…。

いまにも裂けそうに伸びきっているにも関わらず、内壁が陰茎を奥へ奥へといざなう蠕《ぜん》動《どう》を繰り返す。孔だけでなく、会陰部全体が波打っていた。

彬匡が甘苦しい音で、ンンッ…と喉を鳴らして、呟く。

「なるほど。『葛』はそうとうの好き者らしいな」

「違い、まする——違……」

ふいに、横の部屋から物音がした。

行為に溺れてしまっていた葛は、ハッと我に返る。あられもない声を出してしまったし、熟んだ荒々しい気配に空気は乱れきっている。珀が気づいていないはずがない。

困惑して蒼褪める葛を見下ろしながら、彬匡があろうことか隣室へと呼びかけた。

「おい、起きておるのだろう。入れ」

「！、抜いてっ……抜いてくだされ」

力なくもがく葛の乳首を、彬匡は舌を露わにして舐めだす。

……視界の端で襖がすうっと開いていくのに、葛はもう瞼を閉ざすしかなかった。珀が寝所に入ってきて座したのが、畳のかすかな軋みから知れた。

「なんぞ用でも？」

珀が呟くように問う。しかし呼びつけた彬匡は答えず、葛の胸の凝《こご》った粒を舐めすする音を、しばらくのあいだ珀に聞かせた。

珀は彬匡を止めてはくれない。葛が男に下半身を繋がれながら胸を遊ばれる様子を、閉じた目で見ているのだろう。激しい羞恥に、葛の瞼はさらに固く閉ざされる。

胸からようやく刺激が去る。彬匡が色欲の滲む声で珀に言う。

「俺は葛に怪我をさせてしまったかもしれん」

「怪我を？」

「ああ。膏薬を持って来い。それと、暗くてかなわんから灯りを入れろ」

葛は目を閉じたまま、掠れ声で抗う。

「怪我など、しておりませぬ――暗いままで」

珀にとっては、暗かろうが明るかろうが鮮明に見えているに違いなかったが、それでも淫事を照らし出されるのは嫌だった。珀が立ち上がる気配があった。

葛の閉じられた瞼に、枕元の行燈の光がほの白く透ける。

「薬も持ってきたな？　遠慮するな。近くに座れ」

手を伸ばせば届くほどの距離に珀が座したのがわかった。

「っ、――締めすぎだ」

彬匡が叱るように言って、腰を引く。

長々とした陰茎を抜かれていく。鈴口の返しの部分が抜けるとき、蕾が外側にめくれた。

「うう」

彬匡と珀から離れようと、葛はうつ伏せになって褥のうえを這う。しかし背後から腰を摑まれ、彬匡の胡坐のうえに座らされてしまった。

涙で滲む視界、すぐ目の前には珀がいた。

葛の腿の裏に彬匡の手が入ってくる。珀へと股を開くかたちで脚を持ち上げられた。

「――――」

いましがたまで大きないちもつを含まされていた孔を晒させられていた。

頭を高く擡げた性茎は、先端から根元までみずからが零した透明な蜜に濡れそぼっている。

「菊座が傷ついておらぬか、診てやれ」

「診ないで、くだされっ、珀様っ」

下卑た要求を拒絶する答えを待ったのに、珀は頷き、平坦な声で言った。

「葛、そのまま孔を緩めておくのじゃぞ」

「……珀様――っ、…」

珀の手が伸びたかと思うと、もう後孔に触られていた。

迷いのない動作を目にして、彬匡は確信を得たらしい。

「やはり、その目は閉じておっても見えているわけか」

ほころんだままの蕾を、ひんやりした指で丹念に検分されていく。犯され慣れて、縁が少しふっくらとしたさままで把握されてしまう。

「傷はない」

「なかも診てやれ」

「もう、やめ……本当にどこも、どこも傷ついておりませぬ――から――……うっ」

彬匡のもので開かれたばかりのそこは、長い指をさしたる抵抗もなく呑んだ。

なかで角度や深度が巧みに変えられ、熟んだ粘膜を読まれる。

「ぁー…」

腹側の壁に潜んでいる凝りを指が通り過ぎたとき、葛は甘くてだらしのない声を漏らした。

「なにか、そこが痛むようだぞ。よく確かめろ」

よい場所に触られたせいだとわかっているだろうに、彬匡がしれと命じる。

しかし、珀のほうも同じほど意地が悪かった。

凝りを執拗に嬲られて、葛は宙を踏み締めるかたち、足首を深く曲げた。体内の指をきゅうっと締めつける。そのせいでいっそう、指が凝りに深くめり込んできた。

「ふ、ぁ、あ」

「つらそうじゃの。膏薬を塗ってやろう」

いったん指を抜くと、珀は中指にねっとりとした乳白色の練り薬を絡みつかせた。朦朧となりながらも葛は奇妙に思う。いつもの傷用の軟膏は飴色をしている。

けれども、それを指摘する余裕などないまま蕾と内壁を膏薬まみれにされていく。

とろりとした甘い匂いがあたりに拡がっていた。心臓や首筋……それに下肢がドクドクしだすのに、葛は恐怖を覚える。孔からのったりと指が引き抜かれた。

「どれ、もう一度試すか」

葛の身体が浮き上がる。

彬匡のものを下から宛がわれたとたん、ぬめる蕾がくぷりと口を開いた。

「これはよいな。しゃぶりついてくる」

縁が丸く大きく伸びて男を呑み込んでいくさまを、珀に見据えられた。縊《くび》れが通り過ぎ……彬匡が腕から力を抜いた。

葛はみずからの体重で、ずぬうぅっと陰茎をなかばほどまで受け入れてしまう。そこからは、肉同士がきつく圧し合いながら、結合が少しずつ深くなっていく。

「ひ…う…ぅー」

体内でぬくめられた膏薬が粘液化して、葛の内壁を蕩かしだす。

気がついたときには、葛は口から赤い舌先を覗かせて、ハッ…ハッ…と息を跳ねさせていた。男を挿されている粘膜が焼け爛れているみたいに疼く。

背後の彬匡もまた過剰に息を乱していた。

腿の裏から腕が抜かれて、葛の脚は力なく落ちた。足の指が丸まって痙攣する。

葛は強すぎる体感に歪む目で珀を見た。

「珀様…さっきの、膏薬は」

珀が熱と影の混ざった表情を浮かべる。

「すまぬ。お前を罰しとうなった」

「罰…？」

乳白色の膏薬は、特殊な薬だったのだ。

葛のガクガク震える脚の付け根を、彬匡の灼熱を帯びた手が押さえつける。そうして逃げられないようにさせられて、下からすさまじい激しさで陰茎を打ち込まれた。

「ぁ――はっ……やめ――やめて、くだされ、や……あ……ぁっ、あっ、あっ」

上下に揺さぶられて、黒髪が肩にぶつかって乱れ散る。

「葛」

珀が両の手を差し出すのに、葛は縋った。縋ったとたん、骨が軋むほど強く手を握り込まれる。

「いた…い…っ」

手を引こうとするけれども、離してもらえない。

動きを緩めた彬匡が、葛の充血して腫れきった茎を撫でまわした。

「珀、お前、葛を罰したいと言ったな」

「……」

「なれば、ここを罰してやれ」

葛の茎の根元を摑んで、彬匡はそれを根元から揺らした。先端から蜜が散る。

「いや――嫌です」

後ろを彬匡に満たされながら陰茎を珀にいじられたりなどしたら、きっと気がおかしくなってしまう。彬匡の膝のうえで、葛は精一杯の拒絶を示してもがいた。

それなのに、珀が上体を伏せていく。

「珀様っ」

葛は詮ない動作、握り合っている手を突っ張って、珀から離れようとする。

「非道なことは……おやめくだされっ」

半泣きの訴えは、しかし聞き入れられなかった。

葛のわななく性器に珀の唇が寄せられる。伸ばされる舌から逃れようとしたが、下から深々と杭を打たれている身ではそれも叶わなかった。恥皮が下がってなかば剝き出しになっている赤い実をちゅくりと舐められる。そのまま、舌でぬるぬると磨かれた。

「い…」

あられもない嬌声が溢れそうになって、葛は歯を噛み締め、痛みを堪えるときの「い」の口をした。必死に堪える。

堪えているのに、彬匡が下から揺すり上げるように腰を使いだす。

揺れる性茎を珀にぬうっと咥えられた。裏の芯を舌で包まれたまま口の粘膜でねっとりと扱かれていく。茎を啜られると、細かな痺れが腰全体に甘痛く拡がった。

「ふう、ぅ」

頭の内側まで粟立つ極限状態が続く。目の奥でチカチカと光が明滅しだす。

「……!!」

奥歯を砕けそうなほど噛み締め、葛は背を弓なりにした。下腹がだくだくと波打つ。

「もう漏らしたか」

いまもまだ珀の口内に吐精している最中の葛の耳に、彬匡が舌を這わせる。その舌が異様に熱くなっているのは、珀が塗り込めた妖しの薬を、彬匡もまた性器から吸収してしまっているせいだろう。

……もしかすると、珀は彬匡のことをも罰しているのかもしれないと、葛は朦朧とした意識で思う。

精を放ちきった茎から珀の口が離れる——確かに放ちきったはずなのに、それはきつく頭を擡げたままだった。

珀と繋いでいた手を、彬匡によって離させられた。

代わりに、灼けるように熱い手と手を繋がされる。

「葛、こっちを向け」

命じられて首を捻ると、彬匡が顔を寄せてきた。

嚙みつくような接吻をされる。

恋している相手と唇を重ねるのは媚薬を上まわる刺激で、絡めた舌を互いのなかに出し入れする行為に夢中になる。

「んくっ」

下腹の器官をふたたび濡れた粘膜に包まれて、葛は身を跳ねさせた。

視界の左下で、白い髪が蠢く。

珀の口淫に気づいた彬匡が、葛の上半身を完全に剝いた。胸でツンと尖っている粒を強い指で潰され、捏ね上げられる。同時に追い上げるように体内を容赦なく突き上げられていく。ともすれば口から抜けそうになる葛のものに、珀がむしゃぶりつく。

葛は幼い子供のように唇から唾液を垂らしながら、ふたりの男に訴えた。

「孔も…いちもつも…蕩けてしまう――もう、……ほんに堪忍して……」

しかし、彬匡も珀もまったく耳を貸してくれない。それどころか、まるで競い合うように行為が過熱していく。葛はほどなくして、また果ててしまったが、それでも終わらなかった。

緩んで閉じられない唇を、彬匡に舌ごと吸われる。珀のくねる舌に茎を余すところなく、ねぶられる。生理的反応で葛が身をわななかせれば、喘ぐ胸の尖りを彬匡の指がいじめるように抓る。その刺激に陰茎がくねると、今度は珀に双玉をぐにぐにと揉みしだかれる。

葛の体内に性器を通している彬匡が口惜しげに呟く。

「く……珀にいじられて、…なかが応えているぞ」

「うぅ、っ、あ、あ」

飽和して虚ろになりかけている葛の脚のあいだに、彬匡が狂おしい激しさで腰を叩きつけはじめる。

珀の手が葛の内腿を押し開き、男の幹が荒々しく出入りするさまを剝きだしにした。

「蕾が破裂しそうじゃの」

「あ、ぁ、ぁ、ぁ、ぁ」

衝撃が小刻みになるに従って、葛の声は透明に掠れていく。丸く開いた唇が唾液にぬるぬると光り、震えた。

葛を背後から包み込む男の身体が動きを不安定にして、大きく跳ねた。

「——ぅ、む」

低い唸り声とともに、深い粘膜に夥《おびただ》しい量の熱液が激しく撒かれていく。

葛はしゃくり上げながら、自分でもなにを言っているかわからないまま呟く。

「おなか……おもたい」

腹が苦しくて仕方なくて抜いてもらいたいのに、けれども葛のものがそうであるように、彬匡のものも果ててもまったく緩まなかった。ひと呼吸つくほどの間も置かずに、彬匡が腰を揺らしはじめる。

放たれたばかりの粘液が掻き混ぜられて泡立ち、結合部分からぷくぷくと溢れた。その泡を珀が指で掬い、葛に見せる。

立てつづけに犯され、幾度も極めさせられて、葛はもう自分の意思では指一本まともに動かせなくなる。ただ生理的な反応で、身体が震え、跳ねる。口は「あー」「うー」と痴《し》れた甘い音を出すのみだった。

珀の口に、何度目かの精を放つ。炎症を起こしかけているのか、茎の中枢が熱く痛んだ。

「かづら」

ゆるく開かれたままの葛の唇の左端に、背後から彬匡が口づける。

すると、珀が上体を起こし、白濁にまみれた唇を、葛の唇の右端へと押しつけた。

ふたりに同時に口づけられて、葛の茎はほの白い蜜をとろりと吐いた……。

十幕　花冷え

緋垣《ひがき》の白い天守閣は、あたかも薄紅色の雲のうえに浮いているかのようだ。満開の桜の花を、葛《かづら》は愛しく眺める。最後に見る桜が、この緋垣の桜であってよかったと心から思う。

子供のころからいまひとつ無邪気になりきれない性質で、「珠」の真実を知ってからは心が強張ってしまっていた。そう考えれば、終わりに近づきつつあるいまが、葛にとってもっとも魂がやわらいでいるときかもしれなかった。

忍びが務めの最中にこんなふうに牧歌的であってよいものかと自問自答するものの、深刻にはなりきれない。

藤爾《ふじちか》の替え玉を寄越されたことに彬匡《あきまさ》はいまだ腹が煮えくり返っているらしい。それをぶつけるように肉体をいたぶられるのだが、理由はどうあれ求めてもらえるだけで葛は充分だった。

ただ、ときおりおこなわれる珀《はく》を交えた「罰」はやめてほしかった。

珀のことをいまでも兄のように慕っているし、三人でことに至るとなにか争いごとめいた様相になる。葛は心も身体も疲弊しきって、次の日はなかば褥に臥《ふ》してすごす羽目になってしまうのだった。

「あ、藤爾様！　そんなところにっ」

下のほうから少年の声が響いた。物見櫓《ものみやぐら》の欄干から地を見れば、雪丸《ゆきまる》がこちらを振り仰いでいる。

「そこにおられてくださりませ」

雪丸はそう言うと、簡素な作りの物見櫓の梯子をするすると上りだす。乗馬も上手いし、
身軽だし、本当に幼馴染の雪夜叉《ゆきやしゃ》を彷彿《ほうふつ》とさせる。櫓の物見台に載った雪丸は、行儀よく
頭を下げた。それから、少しこましゃくれた調子で注意をしてくる。

「こんなみすぼらしい櫓にお上がりにならないでくださりませ」

「この物見櫓からの桜が一番だと教えてもろうたのじゃが……」

「どなたにですか」

「彬匡殿に」

雪丸が困った顔になる。

「彬匡様は確かによく、ここに登られまする。……物見櫓に登る若様など、ほかには絶対
におられませぬ」

「ほんにな」

葛が笑うと、雪丸はもぞもぞとした。少し間があってから。

「あの、藤爾様——城の者たちは、ここのところ安心して暮らしております。彬匡様の

お心が荒れなくなったのは、藤爾様のお陰に相違ないと」

葛はほんのり首筋を染めてしまう。

交合する際には呪力で音が外部に漏れないようにしてあるものの、葛が彬匡のところに行ったり、あるいは彬匡が葛のところを訪れて、そのまま長らく出てこないのは、城の者たちも知っている。衆道の関係と見破っている者も多いだろう。

「緋垣においでくだされたこと、心から感謝しております」

雪丸に頭を深々と下げられて、葛は胸が苦しくなった。嫌ではない苦しさだ。

もう少しここで桜を見ていたいと告げると、雪丸は「見逃して差し上げまする」と笑って、櫓の梯子をまたするすると下りていった。

雪丸が本丸御殿のほうへと走り去る姿を、葛は細めた目で見送る。

そうしてまた薄紅色の群雲を楽しんでいると、今度は本丸御殿のほうから彬匡が足早に歩いてきた。瞬きするのも惜しい気持ちで見つめていると、彼はまっすぐ物見櫓に近づき、梯子を登りだした。

大きな身体が物見台に現れる。彬匡はちらと葛を見ると、すぐに欄干に肘をついて桜を眺めだした。

「先刻、雪丸がここに来ました」

会話の一端として告げたのだが、彬匡は不機嫌そうに返してきた。

「あれに聞いて来たのではない。俺はただ花見に来ただけだ」

「……？　さようですか」

「……」

「……」

なぜだか、横目で睨まれた。機嫌の悪い日なのかもしれない。葛は彬匡から少し離れて欄干に手を置いた。沈黙が落ちる。彬匡を傍に感じて眺める桜はいっそう艶やかで、葛はこの画を最期まで携えていこうと眸に刻む。

「おととしの春」

彬匡がぼそりと言うのに、視線を彼へと向ける。

「おととしの春に初めて、ここで桜を見た」

「初めて？　それまでこの地に参られたことは？」

「ない。ずっと江戸におった」

大名の正室と嗣子は江戸に住まい、滅多に直轄地を訪れることはない。彬匡もそうだったのだろう。

「桜が綺麗なものなのだと、その時に知った……それまでは、簡単にざらざらと散る花が許せなかった。見ていると気がおかしくなりそうで」

「寂しくて、ですか」

彬匡が傍の桜を見たまま瞬きをした。口元に手で触れ、それから頬の力みをふっと消した。

「身体の弱かった母が亡くなった七つを境に、桜みたいに簡単に、俺の周りでは命が散るようになった」

ひとり言めいた吐露だった。

「俺の自覚が及ばないまま散っていったのもあったろう。父の力で隠蔽《いんぺい》されもしたろう。散った桜の花を数えられないように、俺も俺が殺めた者の数を数えられない」

少し速くなる言葉に、焦燥感と悲痛が滲む。

「俺が一年生きるごとにどれだけの命が消えていくのか——そうまでして生きる意味なぞあるのか。周りの者たちが命を落とすたび、昔の俺は」

ふっくらとした桜の花群が風に揺れて、いくつかの花びらが剝がれていった。

彬匡は、正体のわからない、それでいて絶対的な力が自分の周りで振り回される恐ろしさに、ずっと耐えていたのだ。耐えて耐えて、情の深い明朗な少年は限界を迎えたのだろう。

「いつ、耐えきれなくなったのですか？」

「十六のときだ。五年間側仕えしてくれていた男が死んだときだった。俺は愚かしくもあやつのことをずっと信じていた」

「――その者が、彬匡殿に害意を」

ぐっと欄干を握った彬匡の手の甲に筋が浮き立つ。

「顔には出さず、俺のことを密かに恐れ疎んでおったのだ。あやつは酒の席で嗤いながら言ったそうだ――俺の母の死も、俺の禍によるものに相違ないと」

よりによって信じていた相手から、もっとも残酷な決め付けをされたのだ。

胸がずしりと重くなって、葛は目をきつくすがめる。

そんな葛を見て、彬匡は嘲る表情を浮かべた。

「毀れたお陰で、俺はいまものうのうと生きておる。周りがどうなろうが知ったことか」

それは嘘だ。

いっそ毀れきってしまえていたなら、いまごろ苦しみから解放されていただろう。仙之助の命を気遣ったり、おのれに刀を向けるような真似もしなかっただろう。

毀れきれずに生きているからこそ、彬匡は苦しいのだ。

「……それでも俺は、彬匡殿が生きてくだされているのが、嬉しい」

彬匡と結びついたことで葛は救われた。

子供のころから終わりを意識し、「珠」の真実を知ってからは、最期までの時間を凌《しの》ぐのが生きることに摩り替わっていた。どうせ最期には失うのだから、なにも望まないようにしたいと、おのれを戒《いまし》めてきた。

しかし、こうして最期が明確に迫っているいま、葛はいろんなものを無邪気に望めるようになっている。この桜を覚えておきたい。このままもう少し彬匡といたい。傍にいられるあと五ヶ月、彬匡のためにできることがあったら嬉しい。

愚かしいほど素直にそう思っている。

「生きていて嬉しいなぞ、死にたがりのお前に言われとうないわ」

彬匡が苦笑しながら言う。

「胸を斬り裂けだの、心の臓を掻き出せだの」

天守閣でのことだ。

「あれは……」

「——初めて、自分に似た奴に会った」

「……」

あの後の激しい接吻の意味を、葛はいまさらに知る。ギリギリの縁で曝け出した本心を、彬匡はわかってくれたのだ。葛が彬匡の感情の塊を受け取ったように、彬匡もまた葛のそれを受け取ってくれた。

充分で、充分すぎて——いま毀れてしまってもかまわないと、葛は本気で思う。

彬匡が顔をあらぬほうに向けながらも、身体を寄せてきた。

二の腕がぴたりとくっつき、馴染んだ体温が伝わってくる。この体温も忘れずにいようと思う。どうも自分はとても欲張りな性質だったらしいと、葛は少し呆れた。

「彬匡殿」

「んー？」

「俺は緋垣の桜を見られて、本当によかったです」


彬匡の寝所で行為が終わり、いつものように身繕いをして出て行こうとすると、「冷えるから俺の暖になれ」と命じられた。

確かに、花冷えのする夜だった。

葛は棒手裏剣の入った革製の小袋を、彬匡の褥の下に隠しなおした。いつまた刺客が襲ってくるかもわからないから、常に携帯しているのだ。彬匡に素性が知れてしまったお陰で、忍具の扱いなどは楽になった。

そうしてふたたび襦袢姿で褥に横になると、ひどくぞんざいな仕種で彬匡に抱き寄せられた。同衾《どうきん》して就寝するのはこれが初めてで、触られ慣れているはずなのに葛の身体はしばらく緊張していた。肌がやわらいだころ、彬匡が寝息を立てだす。

葛の口元は自然にほころぶ。

数日前に物見櫓で交わした会話で、彬匡が藤爾ではなく葛という存在に価値を見出してくれているると感じることができた。そのせいで今日の交合は葛のほうからも、かなり乱れてしまったのだが。

満たされた心地のなか、眠りにつく。

静けさはどれぐらい続いただろうか。葛の眉がぴくりと動く——次の瞬間、彼は彬匡の腕からもがき出て、褥の下の革袋を手にした。そこから棒手裏剣を抜き、左右の手に三本ずつ構えた。

一拍に満たない静けさののち、寝所と居室とのあいだの襖四枚が一気にバタバタッと室内に倒れ込んできた。闇に埋もれるようにして忍び装束をまとった三つの人影が現れる。頭巾を被り口元も覆っているため、顔は判別しづらい。

「彬匡殿、伏せて!」

葛は飛んでくる卍手裏剣を避けながら、棒手裏剣を立てつづけに打った。敵のうちのひとりが放った薄くて丸いものが畳にザクザクといくつも突き刺さる。それは周囲が刃状になっている円形手裏剣で、あの黒龍の鱗と同じものだった。

——闇路《やみじ》がいるっ。

彼との忍びとしての格の違いは、対峙《たいじ》しただけによくわかっている。

葛の棒手裏剣が、右端の背の低い男の頬に突き刺さった。棒状のものは命中すれば、普通の手裏剣よりも深い傷を与えることができる。

真ん中の長軀の男が腕を振るうと、また円形の手裏剣が刃をぎらつかせながら飛んできた。

彬匡にも黒龍の術を使った刺客が九鬼神流の忍びだと教えてあった。真ん中の男が闇路だと、彼も気づいたらしい。

「三度目か。決着をつけてやる」

常に枕元に置かれている刀を彬匡が握り、振るった。刀に敵の卍手裏剣が弾かれて、甲高い音を響かせた。

がたいのいい左端の男が忍び刀で斬りかかってくるのを、葛は鉄扇で受け止める。そのまま鉄扇から隠し刀を引き抜いた。鞘替わりの扇から芯がなくなり、男が重心を崩す。その脇腹にすばやく刃を刺し込んだ。

男がよろめき離れて視界が開ける。葛は目を見開いた。

闇路がさきほどと同じ少し離れた場所で印を結び真言を唱えていたのだ。頰に棒手裏剣を立てたままの男が大きな暗幕をばさりと、葛と彬匡へと網のように投げかけた。その暗幕に龍の鱗が無数に生える。それらがいっせいに逆立ち、刃をぎらつかせた。

葛は咄嗟に夜具を摑むと、それを彬匡に被せた。そのまま彼を押し倒す。次の瞬間、すさまじい風圧を感じ……いくつもの熱が背で弾けた。

「あ…っ」

鱗の二波目が放たれようとしたとき、暗幕に赤い光が縦横無尽に走った。すべての鱗が砕け、布はズタズタに千切れた。

消えた幕の向こうでは、ふたりの忍びが畳に両手両膝をつけるかたちでもがいていた。闇路も、中腰になって畳に広がる暗がりに吸い込まれそうになっている。

彼らのうしろで、白髪がほのかに光った。

「珀…様…」

葛の下で夜具が暴れる。彬匡が夜具を刀で裂き、身を起こした。

「葛っ、勝手を――」

怒鳴った彬匡の声は、音を失って震えた。

背を覆う痛みに傾ぐ葛の身体を、彬匡が抱き止める。

葛は霞む目を懸命にしばたいて、隣の間を見る。そこでは珀の影糸《かげいと》に搦《から》め捕られた九鬼神流の三人の忍びが、術に抗っていた。闇路の身体は影の刃を受けてあちこちから血を噴いている。

とはいえ、やはり闇路は珀に対抗し得る力を持っているのだ。くの字に曲がっていた身体がぐぐぐと起き上がっていく。

珀の右頬を流れる黒い涙が砕けた。

闇路は珀へと円形手裏剣を投げると、広縁への襖を蹴倒し、外界の闇へと跳躍した。それを追おうとした珀は影糸で捕らえた者たちが断末魔の悲鳴を上げたのに、動きを止める。

九鬼神流のふたりの下忍は、ほんの一瞬のうちに無惨なありさまに変わり果てていた。

葛は霞む目で見ていたこともあり、なにが起こったのかよく理解できずにいた。

本当に突然、ふたりの忍びの胴が捩じくれて、血しぶきが霧のように立ち込めたのだった。

葛は彬匡の衣を握り締めて、目を上げた。

「…………」

そこには血を湛えた目があった。

――……、……まさか、いまのは？

凝視しているうちに、彬匡の目から赤い涙が盛り上がり、溢れた。

葛は残っているだけの力で彬匡を抱き締めた。


肉の薄い背には、刃で斬りつけられた短い傷がいくつも刻まれている。闇路の円形手裏剣には毒が塗られていたため、そのひとつひとつは赤紫色に腫れていた。

珀は葛の背に特別に調合した膏薬を塗り込むと、綺麗な布をそのうえに当てた。

赤錆色の目が、褥の向こう側から珀を睨む。

「どうなっている。ずっと魘されておるぞ。肌も火のように熱い」

詰る彬匡の手は、葛の手を握っていた。彼は四日前の闇路たちの夜襲からこちら、ずっとこうして葛の傍にいる。

珀は初めのほうこそ居座る彬匡に苛立ちを覚えていたが、寝食も忘れてそうしている様子を見ているうちに、次第に彬匡の存在を許すようになっていった。

「膿《うみ》もほとんど出終わったゆえ、回復に向かうはずじゃ」

「――そうか」

広くて厚みのある肩が角度を緩める。

「そなたの居室と寝所も清めがすんだそうじゃ。そろそろ、休まれてはいかがか」

「いい」

即答だったが、彬匡の顔がすっと蒼褪めたのを珀は見逃さなかった。

「のう、彬匡殿」

薬籠箱を整理しながら、珀はさらりと水を向けた。

「あれは、そなたの仕業であったのだろう？」

「……あれとは？」

「ふたりの下忍が無残になったことじゃ」

「………俺はなにもやってはおらぬ」

それは事実なのかもしれないと珀は考える。

彬匡がなにもしていなくても、勝手になにかが起こった。なにか――極めて高度な忍術の類いだ。伊賀の上忍でもあれだけの術を使える者は、指折り数えられるほどしかいない。

「自覚がないのは厄介じゃの」

彬匡は長い沈黙のあと、珀をまっすぐに見据えてきた。

「あれは、本当に俺のやったことなのか?」

「あの一瞬、そなたからすさまじい呪力を感じた」

静かな答えに、彬匡の目はぐっと閉じられた。

「そうか。やはり俺だったのか――すべて。女中も小姓も……も」

最後の言葉はよく聞こえなかった。

九鬼神流の下忍たちと、タエと冬弥《ふゆや》の死に様はよく似ていた。タエや冬弥に対しては遠隔で呪力が行使されたようだったが、珀自身の術を考えれば可能な範囲だ。

葛の手を握る手は、大きく震えていた。

自分がやったかもしれないと疑うのと、自分がやったのだとわかるのとでは、絶対的な差がある。精神の苦痛に、彬匡の眉は引き歪んでいた。

その、なまじなまっとうさを、珀は哀れに思った。

彬匡が事実をなんとか呑み込んだ頃合いを見計らって話しかける。

「そなたには、葛のことで礼を言わねばなるまいの」

瞼が開かれて、濡れた目が胡乱な色を浮かべる。

「葛はこのところよい笑顔をするようになった。以前は顔の表面ばかりで微笑むことがようあったが、それをせぬようになった。いまの笑みには中身が詰まっておる」

「……そう、か」

つい先刻まで苦しみに凝固していた目が、やわらかくなる。

それを見た珀は、彬匡がもの狂いではないと確信する。むしろ、表面の感覚を狂わせることで、まともな魂を守ってきたように感じられた。葛の作り笑いと同じように。

「緋垣の殿はそなたのまともさを見抜いて、嗣子のまま据え置いてきたわけか。納得がいった」

珀の言葉に、彬匡の表情はふたたび硬くなった。そして、吐き出すように言う。

「父が俺を廃嫡せぬのは、俺の禍々しい力を藩のために使えると踏んでおるからだ」

「それはうがちすぎではないのか」

「真実だ。実際、役職を争う目障りな藩主に禍を与えろと命じられたことがあった」

「……」

権力欲を満たすためなら肉親でも残酷なまでに使役する。それは珀が忍びとして、いくつも目の当たりにしてきたことだ。仕事としてそれに加担して、非道をおこなってもきた。彬匡の不思議な力が無自覚に殺めた人間の数より、珀が忍びとして殺めた数のほうが多いのは、確かめるまでもないことだった。

「う…う…」

ふいに葛が身じろぎをした。

うつ伏せの姿勢で珀のほうへと向けられていた少年の顔のなか、睫が大きく蠢いた。

「葛」

珀が呼びかけたのと同時に、褥の向こうで彬匡が立ち上がった。そのまま部屋を出て行ってしまう。

腫れた瞼をなんとか上げた葛が、この四日間いつも傍にいてくれた人を探す仕種をする。

「彬匡はほんのいましがた出て行った」

珀の言葉に、葛は素直に寂しがる顔をした。微笑で鎧わなくなったその顔は、青白くやつれたせいもあって、透明な印象だ。それは、なにか珀の心を不安にさせた。

「どうせまたすぐに戻ってくるだろう。あやつは鬱陶しいほど、お前の心配ばかりしておるからの」

そう告げると、葛の顔の底から微笑が咲いていく。

複雑な想いになりながらも珀は安堵する――――しかし、その珀の言葉は嘘になった。

翌日、彬匡は早駕籠に乗って、緋垣城をあとにしたのだった。


数日前から彬匡の訪れはぱったりと途絶えていた。

葛は目を覚ますたびに枕元に彬匡がいてくれるのではないかと期待したが、それが叶うことはなかった。しおしおと弱る心を、自分で励ます。

毒のもたらす熱に魘されていたとき、彬匡がそばにいて手を握ってくれていたのを、葛は確かに目にし、感じたのだ。

肉体はいまにも毀れてしまいそうなほどつらかったけれども、彬匡が心配してくれているという事実のために、心は温かい悦びで満ちていた。死線を越えずにすんだのは、珀の丹念な手当てはもちろんのこと、その悦びが紡《つむ》ぐ生への執着も大きかったのだろう。

しかし、なぜ彬匡は来てくれなくなったのか。

珀に彬匡のことをしきりに尋ねたのだが、言葉を濁されるばかりだった。

ようやっと真実を教えてもらえたのは、身体がだいぶ癒えて起き上がれるようになった日のことだった。

「彬匡は江戸に行った」

「いつお戻りに？」

　早く会いたくて即座に尋ねると、珀は首を横に振った。

「長くあちらに行かれるのですか？」

　残り五ヶ月足らずしかないのだ。傍にいられない時間が惜しくて仕方ない。「珀様？」

とせっつくと、重い声音が答えた。

「彬匡は帰らぬ」

「…………」

　葛はぽかんとして、珀の顔を見つめつづけた。

　言われたことの意味がわからない。

「帰らぬとは、どういう？」

「彬匡は正気になったゆえ、江戸に戻った。公儀も期限を決めて封じたわけではない。彬匡は緋垣家の嗣子なれば、江戸留め置きが本来あるべきかたちじゃ」

　熱はほとんど下がったにもかかわらず、頭がガンガンと痛みはじめる。

「それに重ねて、月室《つきむろ》藤爾も緋垣から立ち去るようにと――これが残されておった」

　珀が袂から出した文を葛に渡す。それには確かに彬匡の字で、自分は正気を取り戻したので、もう藤爾――葛は必要ない、自分のいるべき場所に帰れという旨《むね》が素っ気なく記されていた。

葛の手はぶるぶると震え、和紙の両端をぐしゃりと握り締める。

「いらぬ、と？」

「……葛」

「手を——この手をずっと握っていてくだされて……藤爾様でなく、俺を求めてくだされたのだと……俺は」

落ちた涙が文の墨を溶かしていく。

葛の嗚咽に揺れる肩を、珀が手で包み込み、さする。

「彬匡がお前を好いておったのは間違いない」

「っく、…うっ……うっ」

「好いておるからこそ、もう二度とお前に深手を負わせたくなかったのじゃ。仙之助《せんのすけ》を遠ざけたのと同じように」

「——」

そんな気遣いなど欲しくはなかった。

「俺は——俺はただ、残りの時間を彬匡殿と」

嗚咽を漏らすたび、背の傷のひとつひとつに熱い痛みが生じる。まるで池の水面に雨が降るように、いくつもの波紋が拡がっては重なり合う。

その痛みに浮かされながら、葛はふっと気がつく。

——俺の務めは、終わった。

近いうちに、自分は毀される。

首を切り落とされる。

いまここにいる葛は、消え去る。

しかし自分が消えてしまうことよりも、もう二度と彬匡に会えないことのほうが、葛にはつらい。目に焼きつけた桜を、肌に染み込ませた彬匡の体温を甦らせる。

彬匡との出会いからの思い出を懸命に掻き集める。掻き集めるのに、それらは抱えた腕から滑り落ちていこうとする。

絶望めいた想いに、葛は眸を震わせた。

間近にある珀の顔を見上げ、問う。

「俺を、洗うのですか?」

険しい顔をした珀は、ゆっくりと首を横に振った。

「お前の望まぬことはしとうない」

「されど、いつまた藤爾様の身代わりが必要になるか……」

「大丈夫じゃ」

葛は喉を震わせてひとつ呼吸をする。

「それでは毀したままにしてくださると」

しかし珀はふたたび首を横に振った。

「わしに策がある」

「――策？」

励ますように肩を抱きなおされる。

「お前を洗わずに生かしつづける」

十一幕　産女様

珀《はく》が月室《つきむろ》の藩主に報告をするため江戸に向かってから、五日がたった。本来なら葛《かづら》も同行すべきだったのだが、さすがに東海道を一気に走り上れるほどには身体が回復していなかった。

雪丸《ゆきまる》がよく面倒を見てくれ、背なかの醜い傷にも厭わずに膏薬を塗ってくれた。

ほかの者たちも、悪性感冒のときに助けられたから、彬匡《あきまさ》を庇って受けた傷だからと、気遣ってくれた。葛が初めて緋垣《ひがき》城に入ったころと比べると、城の者たちの彬匡に対する感情もいくぶん変わったように感じられて、それが嬉しかった。

薬湯を飲んでから、葛は四月のうららかな陽気のなか庭を少し歩いた。

東屋の椅子に座り、池や御殿、その向こうに聳え立つ天守閣を眺める。桜の花はすっかり散り、木々は明るい新緑を茂らせている。池の水面に走る漣のひとつひとつ、瑞々《みずみず》しい葉の一枚一枚、すべてがひどく煌めいて見える。

……珀の言葉を信じていないわけではないが、葛は消滅の覚悟をいまだ胸に留めていた。

たとえ珀が方法を与えてくれても、それに乗るわけにはいかないこともある。実際、江戸に向かう前に、珀が提案した「策」のひとつを葛は退けた。

『お前は藤爾《ふじちか》の記憶を持っておる。藤爾として生きることもできるのだぞ？　江戸の大名屋敷に住めば、彬匡にも会えるやもしれん。葛だと明かすことは許されぬが』

そう切り出されたとき、彬匡に会える、という言葉に心が大きく揺れた。しかし、すぐに不可能なことだと苦笑した。

『藤爾様がおられるのに、俺がどうやって藤爾様として生きるのですか』

『藤爾がおらぬようになればよい』

『そんな無茶を』

しかし珀は実に淡々とした口調で、恐ろしいことを言ってのけたのだった。

『難しゅうはない。藤爾を殺めるだけのこと』

『…………』

『お前は密かに藤爾になり代わればよい。伊賀の里には、葛は遺体の残らぬ死に様だったとでも言うておく』

愕然としている葛に、珀が薄く笑む。

『お前が望むなら、それくらい容易《たやす》いこと』

伊賀の上忍として幾つもの務めを果たしてきたのだから、目的のために人を殺めるなど珀にとってはなにも特別なことではない。少し冷静に考えればわかることなのだが、葛はその時に初めて忍びとしての珀の現実を肌で感じたのだった。

「珠」のために「人玉」を犠牲にする。

　そんな法外なことなど夢にも考えたことはなかった。藤爾が生まれたときに採取した臍の緒と胎衣《えな》──それらは母体ではなく、藤爾を成り立たせる情報を持っている──を産女の腹に奉納して三日三晩かけて葛は造られた。

「人玉」の情報を、産女の腹にある「珠」に定着させて育むのだ。だから、姿かたちは瓜ふたつだが、肉体の生成は違う。藤爾が病弱なのに対して葛が問題のない肉体を持っているのも、産女の腹で修正が行われたためだ。

　葛は、藤爾を元にして作られた模造品に過ぎない。

　発生時点での主従関係は明らかだ。その上、葛はいまだに藤爾に対して手の届かぬ憧憬《しょうけい》を抱いていた。藤爾を殺めて自分が彼になりかわることなど、決してできない。

　彬匡と同じ江戸に住むことができるという誘惑になんとか打ち勝ち、葛は藤爾として生きるつもりはないと、珀に答えた。

　まだ聞かされていない次の「策」も、選べないものであるかもしれない。

　諦念を胸にしておくことで、続くか続かぬかわからない時間をやわらかく過ごす。それがいまの葛の生き様だった。

　珀は七日で緋垣城へと帰ってきた。不眠不休で走破したのは明らかで、戻ってきたときの彼はいささかやつれて見えた。

その翌日、葛は珀とともに緋垣城をあとにした。駕籠かきも護衛の者たちも伊賀者だった。江戸の月室家へと空の駕籠を送り届けて、藤爾の帰還を装うのだ。

彼らを東海道へと向かわせて、珀と葛は途中から道を別にして伊賀へと向かった。

珀は通りすがりの村で、背負い紐のついた大きな葛籠を買い求めた。それを携えて、山中の廃屋へと立ち寄る。そこで珀は土を捏ねて人の頭大の塊を作り、風呂敷に包んだ。葛の斬られた首の代わりだ。

そうして、珀は葛に粉薬の包みを手渡した。

「よいか、葛。お前はすでに殺されて、首と胴とを切り分けられたのじゃ。わしはお前をこの葛籠に隠して伊賀の里に戻るが、さすがに上忍たち相手にお前の気配を完全に消すのは困難。ゆえに、この黄泉《よみ》の秘薬を服して、いっとき死体となるのじゃ」

黄泉の秘薬を飲めば、呼吸も脈拍も体温も限りなく死体に近い状態になる。

……もし里の者たちに葛籠のなかにいるところを見つかったら、死体を装っていたとしても、その場で首を落とされかねない。

この手段が成功する確証がないことは、珀の険しい表情からも知れた。

「されど、このことが発覚したら珀様は」

「わしの心配はいらぬ。かならずお前を産女《うぶめ》様の社まで運ぶ」

「産女様の……産女様がこのような不正をお許しになりましょうか？」

彼女は優しい人だが、伊賀の厳しい規律をおいそれと破るとは思われない。

「お前はよけいなことは気にせず、ただ眠るようにしておれ。夜闇の深いうちに、洞穴の結界を抜けよう」

促され、葛は端座して顎を上げた。

——毀されて当然の身なれば。ひとまず。

祈願成就の真言を呟いてから、粉薬を口に含む。薬が喉の粘膜を覆うように張りつく。冷たい痺れが口内や喉の奥深くに拡がっていき、意識が朦朧としていく。藁の敷かれた床に倒れようとする葛を珀が抱き止める。

——……ああ、桜が。

薄紅色の群雲が閉じた瞼の裏を漂う。彬匡のぬくもりと珀のぬくもりが重なる。薄っすらと微笑を浮かべたまま、葛はかくりと全身の力を失った。


上瞼と下瞼が溶けてひとつになったようだった。懸命に目に力を入れる。それでも目が開かなくて、実はもう自分は死んでしまったのではないかと疑いだす。そういえば首から下の感覚がないような気がする。もう首を斬られてしまったのではないか……だとすれば、いまこうして考えている自分は誰なのか——ナニなのか？

　懸命に瞼を蠢かせていると、口のなかにひんやりとした液体が流れ込んできた。気付け薬らしい薄荷《はっか》の香りのするそれに、意識も身体もはっきりと目覚める。

　ようやく目を開くことができた葛は、紅い行燈に照らされた珀の姿を見つけた。

「ここは産女様の社じゃ。見咎められずに着くことができた」

　教えられて、葛は肺の底から長い吐息をついた。

　珀に抱き起こされ、竹筒に入った水を飲まされる。

「珀様、ありがとうございまする」

　呂律《ろれつ》がまだ覚束ない。

「震えておるの。具合でも悪いか？」

　気遣ってくれる珀の顔を、葛は間近から見つめた。

「……俺の身勝手のために、珀様にあまりにも大きな迷惑をかけてしまったと、改めて」

　霞《かすみ》の件から珠籠に住みたくないと無理を言ったときも、珀は周りを説得して望みを叶えてくれた。しかし今回の掟破りはその比ではない。もし発覚したら、どれほどの罪になるか。こうしてことがうまく運んだいまになって恐ろしさが込み上げてきていた。

　珀がふっと笑む。

「迷惑と感じることを引き受けるほど、わしは優しゅうない」

「珀様はとてもお優しい方です」

強く言いきると、珀は今度はわずかに顔を曇らせた。そして呟く。

「それは、わしがお前にそう思われたいだけのこと……真実の姿を晒す勇気がなかっただけのことじゃ」

どう返せばいいのかわからずにいると、珀が苦しげに続けた。

「わしがお前と最後まで交わらなんだのは、体液を採られるのが恐ろしかったからじゃ。ありのままを晒せば、お前にかならずや軽蔑される。それが恐ろしゅうて、お前を欲する気持ちを抑えてきた」

初めて聞かされた珀の本心に、葛の心臓は不安定に震えた。

「そんな、軽蔑など」

「わしはお前が思うておるような者ではない。非道で醜い自分を隠してお前の傍にいつづけたのじゃ——彬匡にお前の心までも奪われてから、わしはおのれの弱さを深く呪った。たとえ厭われても、お前にすべてを差し出しておけばよかった」

「…………」

いつも余裕のある、隙のない大人。

そんな珀の像が崩れていく。崩れてもかまわなかった。

ただ——もしも彬匡に心を囚われる前に知ることができていたらと、苦しくなった。

その心を読んだかのように、珀が訊いてくる。

「お前の心は、もう彬匡から動かぬのか？」

彬匡への想いが消えることなどまったく想像できない。しかし、それを伝えるには、葛は珀を慕いすぎていた。結局、頭を縦に振ることも横に振ることもできなかった。

珀は無理に答えを強いずに、言葉を重ねた。

「わしはいまも昔も、お前を想うておる。お前が望むなら、なんでも差し出そう」

葛は後ろめたいような想いに負けて目を伏せた。

次にいつ彬匡に会えるかわからない。もしかするともう二度と会えないのかもしれない。

それに、そもそもこうして洗われずに生きていられるのは珀のお陰だ。ならば、珀に応えるべきではないのか。身勝手な頼みを聞き入れてもらうばかりの自分を、葛は責めた。

しかしやはり、理屈で心を塗り替えることはできない。

溜め息をつくように珀が小さく笑う。

「お前は普通にしておればよい。こうやって、いくらでも時間は繋いでいける」

葛は彬匡と会えなくなってから初めて、わずかに頬を緩めた。

「珠」を洗うのには、珠が造られるときと同様、三日三晩を要するという。

日にちを合わせて里の者たちに洗われたと思わせるために、あと三日は社から出ることができない。

　葛の隠されているところは、社の地下にあたる部分らしい。常にドドド…と滝の音が聞こえている。初めて三日三晩で造られたときも、こんなふうだったのだろうと葛は思う。深い場所で守られて、水の力強い音を聞いて。

　いよいよ社から出られる晩になって、珀が問うてきた。

「産女様にご挨拶をしておくか？」

　葛は強く頷く。彼女が見逃してくれたからこそ、今回のことは可能になったのだ。

　珀が侍女たちを離れへと下がらせたのちに、葛は謁見用の間へと通された。朱い障子の向こうの産女へと深々と頭を下げ、葛は畏まって感謝の気持ちを口にした。

　すると、鈴の鳴るような声が聞こえてきた。

「葛様、よくぞご無事で」

　明らかに産女の声ではない。産女ではないが、よく知っている声だった。

　葛は斜め後ろに座している珀へと、少し怒ったまなざしを向けた。

「……このような悪ふざけを」

　しかし、珀の顔は陰鬱を帯びたまま静かだ。

　葛の眉がゆっくりと歪んでいく。

「待ってくだされ——どういう？」

「産女様」

珀が障子の向こうへと尋ねた。

「葛にお姿を拝ませてやってはくださりませぬか？」

葛は子供のころから一度も産女を直接に見たことはなかった。

――いや、そもそもいま奥にいるのは産女様ではない。

すっかり混乱している葛をよそに、「わらわもお会いしとうございまする」と奥から答えが返ってくる。

珀が目を開くと黒い涙が溢れた。それが板床へと流れたかと思うと、障子が左右にすらりと開いた。紅殻色に塗り込められた壁。

紅い褥に、女が身を横たえていた。

「…………」

葛はこうしているいまも、からかわれているのではないかと疑う。

繭玉の輪郭をした幼馴染の顔が可憐に笑む。

「――羽千媛《はちひめ》」

「葛様、怖い思いや、つらい思いを、しませなんだか？」

娘らしくふっくらした胸よりうえは、葛の知っているままの羽千媛だった。しかし。

「珀様、どうして……どうして羽千媛が」

まるで女王蟻のように腹から下がすさまじく巨大化して人の姿を失っている幼馴染を、葛は正視できない。

代わりに、珀を凍てついた眸で凝視する。

いくぶん俯いたまま、珀が抑えの利いた声で語った。

「わしらが緋垣に発ってしばらくしてから、先代の産女様がお亡くなりあそばしたのだ。そして、生まれたときから次の産女様と定められておった羽千媛殿が跡を継がれた……もし先代の産女様のままであったなら、こたびの隠蔽は不可能であったろう」

受け入れがたい現実が、懐かしい声でもって話しかけてくる。

「わらわは葛様のお役に立てて、ほんに嬉しい」

葛は羽千媛へとのろのろと視線を返した。

頭の芯がジワジワと痺れている。口が自然と動いた。

「――――羽千媛、つらくは、ないのか?」

鞠のように飛んだり跳ねたりしていた彼女の姿が脳裏をよぎる。もう二度と、彼女は好きなように歩き回れない。この社から出るのは、おそらく死して代替わりするときなのだろう。

「昔は、つらかった」

羽千媛が少し泣くみたいな顔をした。

「九つのときに、いつか産女様になるのだと教えられて。怖くて、気持ち悪くて、この里から逃げ出すことばかり考えておったもの」

彼女が産女を厭うようになったのは、自身の運命を知ったからだったのだ。

毎日のように必死に洞穴の高位結界に挑んでいたのは、運命から逃れるためだったのだ。

「羽千媛、話してくれていたら……わかっていたら、こんな」

わかっていたところで、下忍ほどの能力しかない葛にはなにもできなかっただろう。葛とてまた高位結界によって閉じ込められている身に過ぎなかった。

羽千媛がゆるりと首を横に振る。長いぬば玉の黒髪が紅い行燈の光に煌めく。

牢獄のような場所で異形の姿になり果てているというのに、改めて見てみれば、羽千媛は眩しいまでの神々しさを宿していた。

その匂やかなさまは、藤爾の信ずる伴天連教の聖母様《マリア》を思い出させるほどで。

「霞お姉様のことがあって、わらわは苦しみから解き放たれました。むしろ産女様になるのが待ち遠しくて仕方のうなりました」

「待ち遠しく？」

聞き間違いかと問い返すが、羽千媛は深く頷いた。愛しげに、ほっそりした指で巨大な腹部を撫でる。夢見るように呟く。

「この腹で、霞お姉様のことも、雪夜叉《ゆきやしゃ》様のことも、もちろん葛様のことも産んで差し上げられる。何度でも何度でも、大事に育てて――羽千は幸せ者です」

なにも。葛はなにも言葉を返すことができなかった。

羽千媛があどけなさの残る欠伸をほわりとする。

それを合図に、影糸がすらり、ぱたんと障子を閉めた。

葛はこめかみを両手で押さえつけ、俯いた。泣いてしまいたかったが、幸せだと言う羽千媛を哀れむのは間違っている。

ズキズキと頭が痛むまま、葛は珀に手を取られて立ち上がった。

「よいか、葛。お前は洗われたての『珠』じゃ。緋垣での記憶は失われておるのだからな」

「……はい」

影の糸によって、社の重い戸がギィ…ィと開けられる。青白い月の光が射し込んでくる。

珀に手を引かれて、葛は左手に滝壺を臨みながらよろよろと歩いていく。なんだか自分の姿に、洗われた霞の姿が重なっているように感じられた。

滝壺の縁にある大岩の横で立ち止まる。

大岩に座るあの日の自分を見上げたとたん、涙が目から零れた。

伊賀の里の様子は、緋垣に行く前と寸分違《たが》わない。

しかし、おのれの目や藤爾から与えられた情報で外の世界を知った葛の目には、里の奇異さが際立って映った。

たとえば江戸の大名屋敷は路なりに整然と建っているが、里の上忍たちの屋敷は互い違いに建っている。それぞれの屋敷の壁が組み合わさって、複雑な迷路をかたち作っているのだ。迷路の最奥には、頭領の屋敷がある。

地面や塀には仕掛けがあり、曲者が侵入したり、結界が破られて敵対する者たちに攻め込まれたとしても、まず里が陥落することはあり得ないだろう。たとえ甲賀者なりが塀のうえを走り渡ったとしても、罠にかかるのは必定だ。

迷路は、「珠」たちが住まう珠籠を包み込む森にもある。呪術がかけられており、正しく道順を辿らなければ、いくら歩いても森の入り口に吐き出されてしまう。

複雑に閉塞した空間の連なりで、里は構築されている。

息苦しさと、安寧《あんねい》。

この虚空蔵菩薩の高位結界のなかは、時間も大気も、外界とは違う特殊な濃度に調整されているようだった。虚空蔵の蔵が母胎を示すことを、葛は改めて思った。

とはいえ、葛の心は落ち着くことなく、里の外の速い回転をずっと続けていたのだが。

葛は珀の所有する巻物や書物を紐解き、寝る間も惜しんでさまざまな流派の呪術や医術を学んだ。しかしどれだけ励んでも追い立てられる感覚はやまず、自然と食が細くなり、夜はうとうとしたかと思うと跳ね起きることの繰り返しだった。

できるだけ元気があるように振る舞っていたものの、同じ屋根の下で寝食をともにする珀が異変を見逃すはずはない。彼は手に入りにくい薬草をもちいて滋養強壮や不眠に効く薬を調合してくれたのだが、どれも効き目は薄かった。

「恋着の痛みは、伊賀の秘薬でもいかんともしがたいか」

その珀の苦しげな呟きを聞いて、葛の心臓は震えた。

名前も出さないようにして心を隠して過ごしていたが、珀は端からわかっていたに違いない。

葛の心を追い立て、痛ませるものが、彬匡への想いであることに。

彬匡の力になりたかった。次にいつ会えるかわからなくても、彼のためになにかをしていなければ、気がおかしくなりそうだった。

『俺が一年生きるごとにどれだけの命が消えていくのか――そうまでして生きる意味などあるのか』

江戸に戻った彬匡は、いまこの時も禍を撒く我が身を呪っているに違いない。もしかすると、またおのれに刀を向けているかもしれない。先に戻された仙之助《せんのすけ》も江戸にいるはずだが、彬匡が彼を遠ざけているだろうことは想像に難くなかった。

孤独のただなかにいるであろう彬匡を思うと、胸から突き抜けた痛みが背中まで達する。

「大陸の薬草には心痛に効くものがあるそうじゃ。それを取り寄せてみよう」

すべてを承知でなんとか癒してくれようとする珀に、さらに胸の痛みが増す。葛は首を横に振った。

「珀様、俺は大丈夫です」

嘘の微笑を装おうとしたが、あまりうまくはいかなかったらしい。珀が痛ましいものを見る顔をした。


彬匡への想いと、珀への申し訳なさとは、刻一刻と嵩を増していく。

ついに葛はある晩、珀の屋敷を抜け出した。そうして洞穴に行き、昔の羽千媛のように高位結界を抜けようと試みた。声が嗄れて真言を唱えられなくなると、もの狂おしく岩壁に縋りついて冷たいそれに耳を押し当てた。

彬匡の噂ひとつでいいから、聞こえはしないかと。

おそらく珀は、そんな葛をずっと「視て」いたのだろう。

気がつくと、背後の闇に彼が佇んでいた。

「葛、すでに三月がたつが、お前の心はいまだ彬匡に搦め捕られたままなのか？」

毎朝、目を覚ました瞬間に意識に上るのは彬匡のことだ。瞼を上げたとたんに熱い涙がこめかみに流れることも、よくあった。

かつて珀に向けた想いと、いま彬匡に向けている想いとは、同じ恋でも種類が違う。珀に対するそれは、憧れの人にかまってもらいたがるような幼いものだった。しかし彬匡に対するそれは、剝き出しの心臓を炙《あぶ》られつづける煉獄の情だ。

それが自分のなかで明確になってしまった以上、珀を頼るのは間違ったことなのだろう。

珀への思慕があるからこそ、利用するような真似はできない。心を割いてもらうわけにはいかない。

「珀様……俺は珠籠に戻ろうと思います」

「どうしたのじゃ、急に」

近づいてくる珀から、葛は身を遠ざけた。

「これまで、あまりに図々しく甘えすぎました」

「迷惑などとは考えるなと、言うたはずだ。それとも、わしが厭わしくなったのか？」

そんなはずがない。しかし、否定してしまえば、弱い自分はまた珀にずるずると世話になり、期待をもたせてしまうことになるだろう。

詰まる喉から、葛は声を絞り出す。

「もう以前のようには、お傍におれませぬ」

「……」

洞穴が大きく震えた。

それは開かれた珀の目から溢れた影が暗闇と一体化して起こった振動らしかった。

自分がどれほど珀を失望させたかが伝わってきて、葛もまた暗く悲しい気持ちに襲われる。小刻みに肩を震わせながら、珀に深く頭を下げつづけた。

「――葛」

また洞穴に満ちた闇が震えて、葛はよろめいた。よろめいて、おかしなことに気づく。

腕も脚も、指一本すら、思うように動かせないのだ。なにやら重ったるい蜜のなかに沈められているかのように。

闇に縫い止められている葛へと、珀がすうっと寄った。

葛の鼻の先に、通った鼻梁が擦りつけられる。擦れる鼻先がずれる。唇がとろりと濡れる――唇を珀に舐めまわされているのだと気づくのに、少しかかった。輪郭を辿られて、膨らみを読まれ、切れ込みを舌でほじられる。

「ん……んふ」

顔をそむけようとするけれども、闇の蜜がねっとりと身体中を締めつけている。圧迫されて、首筋で打つ脈が鮮明になる。襦袢の薄い布が胸元に張りつき、ふたつの乳首をぷつりと浮き上がらせた。

葛は口を吸われながら下腹を引き攣らせた。闇に押し潰される性器がジクジクしはじめていた。わずかに唇が離れて、濡れそぼった唇に吐息がかかる。

「わしを好いておらずとも、心地はよいのか」

「……俺は、兄者《あにじゃ》を、想うように」

「兄、か」

全身の肌を淫蕩な闇に絞られて身動きできない葛の、着物の裾を珀は割り拡げた。下帯の前垂れが引き抜かれて、性器が露わになる。常人の目には闇に塗り潰されて見えずとも、葛にも珀にも、あらかたの様子は見える。

「兄に触れられて、このようになる弟がおるか？」

腫れて角度を変えはじめているものを、闇にぎゅうっと締めつけられて、葛は「んんっ」と喉を鳴らした。

「あ……あ…やめてくだされ」

剝き出しになった脚が、ひとりでに開いて、内腿を晒していく。

脚の狭間をぬらりぬらりと闇が這いずった。菊座をすっぽりと覆われる感触。まるで舐めほぐすような蠢きののち、圧迫感が増していく。つぷりと闇が蕾を破った。ずるうぅっと内壁を逆撫でながら、どこまでも影の茎が入り込んでくる。

「ひ、ぁ」

性茎を包む闇がぐにゅぐにゅと蠕動運動を始めていた。

いや、髪の先から爪先まで、すべてが蠕動運動に呑まれている。

「お前のなかは、綺麗な薄紅色じゃの」

「嫌――俺には、彬匡殿、がっ」

「彬匡にも、このような奥の粘膜まで見せたことはなかろう？」

そう尋ねる珀の声はひどく潤んでいた。闇全体に五感を拡げているのだろう。すさまじい羞恥と体感に、やめてくれるように懇願しながらも葛は追い詰められていく。いまや茎は毀れたみたいにたらたらと白濁を漏らしつづけていた。

「快楽に弱い身体よの。それゆえに、彬匡にも陥落させられたのじゃろう」

堪忍が切れたように、珀は葛を地に押し倒した。

体内からずるずると影の茎が抜け、それと入れ替わりに生身の器官が後孔に押しつけられる。鈴口を捻じ込まれて、葛は大きく身体を跳ねさせた。

「葛…」

うえから覗き込んできた珀が、ふいに動きを止めた。

頬を手で包むように撫でられて、葛は自分が泣いてしまっていることを知る。みぞおちが熱く焼けていた。

珀が苦痛を堪えるように眉根を寄せて、請うてきた。

「わしの種を腹に含んで、読み解いてはくれぬか？」

「…………」

「珠」にとっては性交など、務めのひとつに過ぎない。

珀はおのれのすべてを曝け出す覚悟で請うているのだ。

彬匡に操を立てたところで、もう二度と彼に会うことはないのかもしれない。

そうわかっているのに、葛はどうしても首を縦に振ることができなかった。ただ涙ばかりがこめかみを伝いつづける。

「——そう、か」

珀がまるで凍えているような震える溜め息をつく。粘膜から、男が消えた。


珠籠の館は、南の森の奥にある。

三階建てのそこでは、五十人ほどの老若男女が暮らしている。楼主と呼ばれる管理者のほかは皆「珠」だ。「人玉」が必要としたときには籠から出してもちいられ、用が済んだら、毀される。再使用の可能性のある「珠」は洗われて、また珠籠に戻される。

だが、里の外の記憶は洗われてしまうため、葛以外にそのことを知る「珠」はいない。

長らく珀の屋敷に住まわせてもらっていたため、葛が珠籠で生活するのは四年ぶりのことだった。緋垣に行くまでは同胞のことが……正しくは、自分自身も含めた「珠」という存在そのものがおぞましくて仕方なかったのだが、いまの葛は違っていた。ずっと避けていた霞とも自然に接することができている。

道具であることは侘《わび》しい。しかし、産女は「珠」を大切に造る。そして「珠」は生まれながらにして、務めるべき使命を授かっている。その使命のなかで、なにかを得られることもある。珀も藤爾も――彬匡も、葛に多くのものを与えてくれた。

歪《いびつ》な魂でも、育っていく余地はあるのだ。終わりは人間にも訪れる。悪性感冒やお産で、簡単に命は散っていく。自分たち「珠」もまた、その大きな流れのなかにあると、葛は感じるようになっていた。

葛は珠籠に移ってからも憑《つ》かれたようにさまざまな術の習得に励んでいたが、珀のほうはまったく屋敷から出ることなく、この半月ほどを過ごしているらしかった。

心配であったし、あの洞穴でのことが原因なのかもしれないと、葛は珀の屋敷を幾度か訪ねてみたが、高位結界が張り廻らせてあって近づくことができなかった。

十二幕　赤い霧

「わかな」と旅籠屋《はたご》の名がしるされた掛行燈。その下の格子戸から、月代《さかやき》の綺麗な青年が往来へと姿を現す。帯刀はしておらず町人らしく作ってあるものの、見る者が見れば、その顔つきや身のこなしから、それなりの武家に仕える者であることが見て取れただろう。

彼は緋垣《ひがき》藩の家臣、仙之助《せんのすけ》だった。

彬匡《あきまさ》に仕えていた彼が、緋垣家の直轄領から江戸行きを命じられたのは半年以上前のことだ。春には正気に戻ったという彬匡が江戸に上ってきたが、彬匡は以前のように仙之助を傍に置いてはくれなかった。

仙之助は藩主や正室、彬匡の腹違いの弟である春匡《はるまさ》や、その乳母が住まう上屋敷《かみやしき》に置かれているが、彬匡は少し離れた中屋敷《なかやしき》に住んでいる。

ところがこのところ、まったく彬匡は表に姿を現さない。緋垣家の中屋敷に仕える者たちは禍を恐れているものか、いくら仙之助が尋ねても、なにも語ろうとはしなかった。

気がかりでならず、仙之助は国の父が危篤で…と嘘をついて、しばしの暇をもらった。

そうしていまはこのように中屋敷近くの旅籠屋に泊まり、夜は周辺の張り込みに、昼は近隣の者からの情報収集にいそしんでいるというわけだ。とはいえ、人気の失せた夜中に徘徊しているのを見つかれば、不審者として同心に捕らえられかねない。物陰に隠れながらの不自由な張り込みだった。

しかしそれも、今宵ようやっと功を奏した。

中屋敷の西の塀を張っていた仙之助は、塀から覗く松の木が、風もないのに大きく揺れるのを目にした。瞬きもせずに凝視していると、ずるっとなにかが塀のうえから落ちてきた。

月明かりばかりが頼りでよく見えないが、塀の白壁にはなにやら黒っぽいものがべっとりと付着していた。隠れていた柳の木の陰から、仙之助は走り出た。そして、地に蹲っている黒い人影を見つける。

「なにものっ」

脇差に手をやりながら詰問する。蹲っているのは黒装束の男だった。頭巾を被り、深く俯いているために顔は見えない。

「おぬし、緋垣様のお屋敷から出てまいったな。なにをしていた」

仙之助が脇差を抜くや否や、なにかが男の手から繰り出された。仙之助の左腕を浅く抉って、円形手裏剣が夜闇を走った。そのような特殊な飛び道具を使う者の正体は明らかだ。

「忍びか」

仙之助が江戸に戻される切っ掛けとなったのも、忍びの夜襲だった。白州で対峙して、やはりこのような円形手裏剣を受けたのだ。

黒装束の男はふたたび飛び道具を繰ろうとしたが、ふいにその手を止めた。

「……また、てめえか」

頭巾から覗く吊りぎみの目に見つめられて、仙之助の身体はぶるりと震えた。この目を確かに見たことがあった。胸と腰の傷が熱くなる。殺されかけた恐怖が甦り、呼吸が一気に苦しくなった。

「お…おぬしは、まさかあの折の」

男はなにか言おうとしたが、よほどひどく負傷しているらしく、そのまま崩れるように地に伏した。

この者を捕らえて何者に命じられてのことかを公儀で明らかにすれば、春匡の実母と乳母による彬匡暗殺の謀《はかりごと》を暴くことができる。そうすれば、二度と彬匡が刺客に脅かされることはなくなるだろう。

そう考えて恐れを抑え込み、男を捕らえようと用心深く近づいたのだが。

それは、まるで天狗が風に乗って舞い降りたかのようだった。道に忽然と現れたがっしりした体軀の山伏に、仙之助は目を瞠る。

「まったく手のかかる弟子じゃのう」

山伏は眠そうな目をすがめて蓬髪頭を乱暴に掻くと、黒装束の男を抱き上げた。弾みで、男の黒頭巾がほどける……月明かりに、狐めいた面立ちをした年若い青年の顔が照らし出された。その左頬には長い傷が走っている。

仙之助にくるりと背を向けると、山伏は走り出した。大きな跳躍をみっつして、闇のなかへと完全に消え去る。

山伏を追って仙之助はしばらく道を走ったが、詮ないことだった。

「いまだに、あの忍びが彬匡様を狙っておるとは」

立ち止まり、蒼い顔で思案する。

すぐに確実な手を打たねばならない。

緋垣の藩主に進言することをまず考えたが、藩主は彬匡が江戸を離れているあいだに、春匡側にずいぶんと気持ちが傾いてしまった様子だった。今回の中屋敷の騒動にも、まったく関心を示さない。最悪、見殺しを決め込むこともあり得るのではないか。

「されど、誰を頼れば……」

と、白髪の医者のことが脳裏を過《よぎ》った。

仙之助が緋垣領をあとにしてからは、彼――珀《はく》が彬匡を刺客から守ってくれた。藤爾《ふじちか》が江戸の月室《つきむろ》家上屋敷に戻っているということは、珀もそこにいるはずだった。

月室藤爾からの文を受け取った珀は、すぐに頭領に報告を入れて江戸に向かう支度を調えた。ここ一月ほど屋敷に籠もって寝食を忘れがちだったため、月光に照らされた彼の頬はいくぶん削《そ》げていた。

高位結界の壁がある洞穴へと向かう途中、珀は珠籠がある南の森へと顔を向けた。足取りが次第に緩んで、止まる。よくなめされた獣の革で作られた草鞋《わらじ》の爪先が、迷うように森のほうに向かいかけたが、すぐまた元の方向へと戻された。

もうそれからは影から影を飛ぶように走って、するりと洞穴に滑り込む。突き当たりへと数歩進んだところで、珀は立ち止まった。

「ノウボ・アキャシャ・ギャラバヤ・オン・アリキャ・ソワカ」

掠れた声が真言を唱えている。一拍ののちに、また唱えられる。少年の声はひどく掠れていた。

「……」

珀は顔から表情を消して、ふたたび奥を目指す。

その足音に気づいた葛《かづら》が、虚空蔵宝珠《こくうぞうほうじゅ》の印を結んだまま振り向いた。

「珀様…」

驚きに目を瞠ったのち、葛は戸惑い交じりの素直な微笑を顔に拡げた。

「長くお姿が見えないので心配しておりました」

珀は無言のまま突き当たりの岩壁へと向かう。

「あの――どちらかにお出かけですか？　いつ頃、お戻りですか？」

葛がおずおずと訊いてくるのに、珀は印を結びかけていた手の動きを止めた。

珀が任務を帯びてこの高位結界を抜けるとき、葛はいつもここまで見送りに来てくれた。そして、いまと同じ台詞《せりふ》を口にしたのだった。命掛けの任務のときも、気鬱になる残忍な任務のときも、葛に見送られると、なんとしてでも務めを果たして里に帰ってこなければと思えた。

大切だからこそ、自分の本当を葛に晒せなかった。

そうして臆病な足踏みをしているうちに、少年は狂おしい恋を知ってしまった。兄に向けるような思慕とは違う、本物の恋だ。

「自業自得、か」

呟くと、葛が聞き取れなかったらしく小首を傾げる。

子供のころと変わらない仕種なのに、匂やかな色香をほんのりと帯びている。桜の花びらほどの色合いだ……自分ではない男に色づけられた。

珀はゆるやかな長い吐息ののちに、尋ねた。

「彬匡に会いたいか？」

「──え」

「わしはこれから月室家の江戸藩邸に向かう。彬匡絡みのことじゃ」

「あ、彬匡殿に、なにか」

蒼褪めて泣きそうになりながらも、珀の気持ちを慮《おもんぱか》っているのだろう。葛の声は抑え込まれていた。

幼いころから見守ってきた少年を苦しめるのは、珀の本意ではなかった。

珀は岩壁を向くと、印を結び、真言を唱えた。軟化した岩壁に身を沈めていきながら、葛へと左手を差し伸ばす。

「お前の望むことを叶えるのを、わしの歓びとしよう」

泣くように身体を震わせてから、葛が手を握ってくる。

葛の手には、もう子供特有の熱さはない。なまめかしい温かみを、珀は握り返した。


血なまぐささのなかで目を覚ます。褥から起き上がった彬匡は、左腕にひどい痛みを覚えて呻いた。見れば、襦袢の袂もその下の肉も刃物でばっさりと斬り込まれている。

昨夜も刺客との闘いがあったらしいが、記憶は定かでない。

ここのところ、いろんなことが曖昧だった。

ほとんど籠もりきりで四ヶ月を過ごした寝所と居室のふた間は、襖も壁も赤黒くまだらに染まっている。刺客たちの大量の体液を吸った畳は腐りはじめているようだった。

中屋敷の者たちは修繕するから寝所を移ってほしいと彬匡に懇願したが、彼は無駄なことだと却下した。自分のいるところは、どうせすぐにまた血みどろになる。

「っ……」

彬匡は手を伸ばして薬籠箱を引き寄せた。漆塗りの入れ物を取り出す。そのなかに指を突っ込んで底の膏薬をぐうっと掬う――白髪の伊賀者が調合した膏薬も、これが最後のひと掬いだった。奥歯をギッと噛んで声を殺し、口を開いた腕の傷に薬を塗りつける。

息を荒くして彬匡は蹲った。蹲ったまま、背を震わせる。

実に滑稽な話だ。

これでも彬匡は、江戸に戻ったばかりのころは、緋垣家の嗣子としてまっとうであろうと努めていたのだ。しかしほどなくして、緋垣城で夜襲をかけてきた頬に傷のある忍び――九鬼神流の闇路《やみじ》という忍びだ――と、その一派が頻繁に挑んでくるようになった。

呪術使い相手では、家臣らによる見張りもまったく歯が立たない。無駄死にする必要はないと、彬匡は見張りに立つことを厳しく禁じた。

ここまで執拗なのは、暗殺を依頼されているからというだけでなく、少なからず九鬼神流の面子《めんつ》の問題もあるのだろう。ただひとりの命を取ることに、失敗しつづけているのだから。

襲撃されるとき、彬匡はいつもなにもしない。なにもせずとも、忍びたちは血しぶきを上げて倒れていく。彬匡のほうも傷を負うことが多かったが、それでも命はいまだ奪われていない。

いまの彬匡はまさしく、狩られる獣だった。

あるいは、檻のなかの屠《ほふ》られるばかりの獣か。

それなのに誰も殺しきれないのだ。嗤いが止まらない。

肉体も精神も、果てなく切り刻まれていく。これならば、自害を選ぶほうがよほど楽になれるというものだ。嗤いに震える手で枕元を探って、剝き身で置いてある刀を掴む。蹲ったまま、冷たい刃を首筋にひたりと押し当てる。

『……それでも』

ふいに、涼やかな、それでいて輪郭のやわらかい声が、耳の底で波紋を描いた。

『俺は、彬匡殿が生きてくだされているのが、嬉しい』

「かづら……？」

怜悧な面立ちの少年を探して、彬匡は赤く塗り潰された目を彷徨わせる。ここのところ、彼の目は常に充血していた。呪われた力を酷使しているせいかもしれない。

以前は曖昧で効果も不安定だった力が、日増しに威力を強めて暴走しだしていることに、彬匡は強い恐れをいだいていた。敵も味方も関係なくなってきているように感じる。現に、食事を運んできてくれた小姓や女中の身体が突然、血を噴いたりするのだ。

彼らの害意に反応しているのかもしれないが、このようなありさまの自分に害意をいだくのは至極当然のことだろう。

刃が首筋の肌を強く押すと、頭のなかでまた声が響いた。

『……獣が…害をなすわけではない――そのままに、あるだけなのに』

陵辱されようというさなかですら、葛は救いの言葉を彬匡に与えてくれた。

いや、葛は別に彬匡を救おうという意図で言ったのではなかったのだろう。ただ、素の価値観を口にしたにすぎない。なんの計算もないからこそ、それは捻じくれた彬匡の心にもじんわりと沁み入ったのだ。

『感冒は、彬匡殿とはなんの関係もありませぬ』

なんということはない、けれども本当は欲しくてたまらなかった言葉を、あの伊賀者の少年はくれた。

嗤いの毒が、ほろほろと崩れ失せていく。

「――――う」

手指から力が抜けて、刀が血に染まった褥へと落ちた。刀のうえに身を伏せたまま、両手でおのれの耳を塞ぐ。もしも誰かの悪口《あっこう》が聞こえでもしたら、次の瞬間、その者を血だるまにしてしまうに違いない。

だからこうして、意識のあるときは耳を塞ぎつづけているのだ。おのれの呼吸音ばかりが、閉じられた世界を満たしていた。


旅籠屋「わかな」の一室。

結界が張られたそこで、葛は、珀と藤爾そして仙之助と会した。

仙之助は葛が藤爾の替え玉であったこと、また珀と葛が実は伊賀の忍びであったことに、当然のことながらひどく驚いた様子だったが、「どうか、彬匡様のためにお力添えをくださりませ」と一同に深く頭を下げた。

珀が仙之助の頭を上げさせてから、話を進める。

「こたびの件は、藤爾様の依頼となり、月室の殿は知らぬ一件となる」

藤爾が頷く。

「緋垣行きの務めがすんでの報告の折に、珀殿がわたくしに直接の連絡法を教えてくだされたのじゃ。そこで仙之助殿から相談を受けて、すぐに連絡を取った次第」

しっかりした調子で語る藤爾は、去年の晩夏に葛が会った彼とはずいぶんと様子が違っていた。

元服を済ませて月代を剃ったせいもあるのだろうが、半年におよぶ隠遁生活のなかでより伴天連教への信仰を深めたのではないかと葛は感じる。以前は露骨だった潔癖さは、静かで定かなものとして声音や所作に織り込まれていた。

「父上は緋垣家が内憂により自滅するのを望んでおられる。されど、わたくしは仙之助殿の訴えを聞き、彬匡殿がまっとうに戻られることこそ月室家の安泰につながるのかもしれぬと考えるようになりました……わたくし個人の彬匡殿に対する悪感情は、いまは横に置いておくことにいたします」

葛は以前とはまた違ったふうに、藤爾を眩しく感じる。

眩しいけれども、それに比べて自分を惨めに思うことはもうなかった。

情報交換をおこない、この先の見立てをつけて散会となったあと、葛は藤爾に呼び止められ、耳打ちされた。

「そなたは、毀されてしもうたのか?」

珠写しの儀のときに、任務が終わった「珠」は毀されると葛が告げたのをずっと覚えていて、心を痛めていたらしい。苦しげな顔をしている藤爾に、葛は微笑んだ。

「藤爾様は俺に命掛けの秘密を教えてくだされた。だから俺も、命掛けの秘密をお教えします」

そう前置きして、葛は毀されずにすんだことを打ち明けた。

藤爾は「……ほんに、よかった」と胸を打ち震わせて、葛の首筋にそっと顔を押し伏せたのだった。


旅籠屋をあとにした葛は、珀とともにさっそく緋垣家の中屋敷へと向かった。すでに歩く者もない時間だ。空には弓張り月が浮かんでいる。

柳の幹に背をもたせかけた珀は「視てまいる」と言うと目を開いた。影の糸は地を這い白壁を上り、あっという間に緋垣の敷地内へと消えた。

――彬匡殿は、どうしておられるのだろう…。

いまだに闇路の襲撃を受けていると聞いたとき、葛の背の無数の傷は熱く痛んだ。

急《せ》く気持ちを殺して待っていると、珀が目を閉じた。

「珀様、彬匡殿は」

「うむ」

珀の眉間には難しげな皺が刻まれている。

「寝所には赤い霧が満ちておって、よう見えなんだ……褥に蹲っておるようにも見えたが」

「赤い霧、ですか」

「わしの力が影に属するものであるように、彬匡のそれはおそらく血に属するもの。その血の呪力が高まりすぎておるのじゃ。あれでは彬匡の傍に寄った者は、敵でなくとも命が危ない」

「それでは、誰も彬匡殿に近づくことができないと？」

「闇路ほどの力のある忍び以外はな」

命を脅かす敵としか接することができない日々は、彬匡の精神を確実に蝕んでいるに違いなかった。そうして、よりいっそう赤い霧は濃密になる。

「彬匡殿はどうなってしまうのですか。寝所から出られないままになってしまうのですか」

「たとえ褥に蹲っておろうとも、そのうち寝所から霧が漏れ出て、人を害するようになる」

「――そんな」

葛は屋敷を透かし見るように、白塗りの塀を見つめた。狭まる喉から声を絞り出す。

「苦しんでおられる」

赤い霧のなかに蹲って苦しみ悶える彬匡の姿が思い浮かんでいた。

害意に過敏に反応して乱暴を働いていた時期もあったが、彬匡は根底のところでは人を傷つける自分をなによりも憎悪している。

葛は珀の袂を握り締めた。

「珀様、彬匡殿は自害されてしまうかもしれない」

「自害じゃと」

ほんの一瞬、珀の顔に迷うような色が浮かび、消えた。

「なににしろ、このままにしておけば間もなく人の心を失う。手を打とう」

珀は翌日の昼までに、江戸に潜む伊賀者のなかでも呪力の強い四名と、腕の立つ四名とを召喚した。緋垣家中屋敷に乗り込む面子が揃う。

そして葛は、珀から秘策とともにひとつの巻物を授けられたのだった。

十三幕　珠

夜闇に乗じて、伊賀者十名は高い白塗りの塀を飛び越えた。

予定どおり、同胞八名が奉公人たちの部屋へと走る。そうしてすでに眠りについている者たちを、結界を張って部屋に封じ込めた。幾人かのいまだ起きていた者たちは気絶させられたうえで、まとめて布団部屋に突っ込まれ、これまた結界で出入り口を封じられた。

葛《かづら》と珀《はく》は庭に佇んでいた。

「まったく寝所のなかが見えぬわ」

影糸を目のなかに戻した珀が低く呟く。

「あそこから、わずかですが赤い霧が……」

彬匡《あきまさ》の寝所の隣にある居室、そこの襖のほんのわずかに開いたところから、瘴気《しょうき》めいた霧が流れ出ていた。

「この一昼夜でかなり状態が悪くなったようじゃの。今宵にしたのは正解じゃった。明日には惨事になっていたやもしれん」

葛は胸元に入れた巻物を着物のうえからぐっと握った。

「珀様……俺に務まりましょうか？」

「お前に務まらねば、誰にも務まらん」

その険しい表情から、成功の率がかなり低いらしいことが知れた。もしかすると、彬匡がすでに人の心を失っている可能性もあるのかもしれない。そうだとしたら、秘策も無に帰す。

毀れる覚悟に身を硬くすると、珀に背を撫でられた。

「お前は心を定かに持っておればよい。なにがあろうと、わしが守る」

葛は首をきっぱりと横に振った。

「俺のことはかまわずに、できるなら彬匡殿を救うてくだされ」

「――――お前は、そこまで彬匡を」

ひどい願い事をしたのはわかっている。しかし、譲れない本心だった。

「もし俺が毀れてしまったら」

葛は血の気の引いた顔で珀を見上げる。そして、ぎこちなく口を動かした。

「俺を洗ってくだされ」

「………洗う？　されど」

「洗って、緋垣《ひがき》での記憶を消してくだされ」

まだ伊賀の里の生活しか知らなかったころの自分に戻るのだ。

「そうして、珀様のお種をつけてくだされ――――俺はきっと、とても喜びましょう」

「…………」

珀が虚を突かれた様子で黙した。それから喉を震わせ、呟く。

「それは、『お前』ではないのだな」

造りなおされた霞を見たときは直感的なものでしかなかったが、いまはよくわかる。洗われた「珠」は、やはり元の「珠」ではないのだ。

藤爾《ふじちか》の魂の欠片をもらい、彬匡に恋をしたから、自分はいまの自分なのだ。それらを洗い流された自分は、いまの自分ではない。別の存在だ。

でもその別の存在は、珀と想い合えれば、幸せになる。珀を幸せにできる。

「――――!」

ふいに抱き締められて、葛は大きく瞬きをした。かたちを辿るように珀の手が身体を滑っていく。珀の嗚咽めいた震えを触れ合うところで感じる。

ゆっくりと身体が離れた。

ひとりふたりと同胞が馳せ戻ってくる。揃った同胞たちに、珀は告げた。

「これから葛とわしは緋垣彬匡の元に参る。彬匡の呪力はかようにすさまじい。殺めずに常態に戻すよし、四方位の神通力を得てわしらを補助してほしい」

「わかり申した」

四名は互いの肩が触れ合うかたちで背を寄せ、東西南北をそれぞれに向いた。印を結んで真言を唱えだす。その周囲を、残り四名が護衛する。

「参るぞ」

珀に促されて、葛は眉をすっと上げて強く頷く。

彬匡の居室に近づいていくと、赤い霧に触れた庭の土が赤黒く腐敗しているのが知れた。広縁の床板もまた、焼かれたようにどす黒くなって細かい亀裂が入っている。珀が縁に乗るとビシッと太い亀裂が大きく走った。

葛も続いて縁に乗ろうとしたとき、珀が「待て」と短く言い、すばやく振り返った。その目は開かれている。影糸が矢のように宙を切ったかと思うと、呻き声が塀のほうから聞こえてきた。

「九鬼神流の輩じゃ！」

珀の言葉に重なるように、円形手裏剣がド、ド、ド…と地に突き刺さった。ついいましがたまで、四方位に祈りを捧げていた伊賀者たちが立っていた場所だ。

次の瞬間には、刀や拳をぶつけ合う音がめまぐるしく移動しながら庭を埋めた。いく枚もの卍手裏剣が鈍く光りながら自在な軌跡を描いて飛び交う。葛が放った棒手裏剣もひとりの敵の腿へとめり込んだ――と、葛の左側に影糸が走り、襲い掛かってきた円形手裏剣を弾いた。

トンと、近くの地面に長身の青年が降り立つ。頭巾は被っておらず、左頬の傷跡が剝き出しになっている。目元のきつい色香が、今宵は一段と鮮やかだ。

「どけっ！」

闇路《やみじ》が苛立ちを剝き出しにする。

「あれは俺の獲物だ。てめえらは引っ込んでやがれ」

「九鬼神流では歯が立たぬと見て、我らが参ったのじゃ」

「なんだとっ」

一派ごと貶《おとし》められて、闇路はギリと歯を鳴らした。そのまま三つの印をすばやく結び、唇を動かす。

彬匡の居室とを仕切る襖が吹き飛んだ。赤い霧が一面にワッと拡がる。闇路の周りに水泡のような結界が張られているのがはっきりと見えた。庭のあちこちで敵のものとも味方のものともわからぬ呻き声が上がる。

珀が咄嗟に影の膜を張らなかったら、葛もまた赤い霧に傷つけられていただろう。

──……彬匡殿っ。

これだけの呪力の放出に、精神が長くもつはずがなかった。

葛は呪術で自身の周りに球形の保護層を作ると、縁側へと飛び乗った。剝き出しになった居室は濃密な赤い霧が立ち込めている。そのなかへと走り込む。

「葛っ」

珀の声が一気に遠のいた。

――重……い……。

赤い霧に圧迫されて、葛を守る水泡のような球形がぐにゃりと歪む。身体の重さが何倍にもなったようだった。なかなか前に進めずにもがいていると、闇路がやはり這うようにして前進しているのが、朧に見えた。

「行も積んでねえ只人《ただびと》に……忍びの力を……超えられてたまるかっ」

その闇路の吐露を耳にして、彼が単純な勝ち負けや暗殺に拘《こだわ》っているのではないことを葛は知る。闇路もまた忍びとして、人ではないモノとして扱われるなかでおのれを研磨してきたのだ。

寝所の襖が闇路の手で開けられたとたん、桁違いの量の霧がうねる奔流となって居室を襲った。

「っ、あああ」

葛を取り巻く水泡が千切れ飛んでいく。保護の層が薄くなり、元結から崩れた髪が頬を打つ。最後の層が身を剝がれていこうとしたとき、ふいに背後から厚い保護層が発生した。

振り向くとすぐ後ろに珀が立っていた。

「巻物は落としておらぬな？」

「――はい」

「では、進むぞ」

　珀に手首をきつく握られて、寝所へと向かう。さすがに珀の呪力は強く、身体の重さは半減していたが、やはり一歩進むごとに息苦しい圧迫感が増していく。

　敷居を越えようとしたとき、寝所から叫び声が聞こえてきた。

「お師匠っ！」

　先に入った闇路の声だ。

「お師匠、なんで……」

　珀と葛は一瞬顔を見交わしてから、歩を進めた。

　寝所に入った瞬間、葛は全身に激しい痛みを覚えて小さく悲鳴を上げた。いまにも皮膚が身から剝がされそうな、ゾッとする痛みだ。珀が保護層を厚くするが、それも端から削られていく。

　部屋の中央では赤い霧が轟々と渦を巻いてうねっていた。その渦の底に彬匡らしき蹲った人影がぼんやりと見える。

　そして入ってすぐの右手の壁には、磔《はりつけ》にされた男の姿があった。柿色の篠懸衣《すずかけごろも》がバサバサと翻り、首から吊るされた法螺貝《ほらがい》がヴォ…ォとときおり音を鳴らす。山伏の身なりをしたその男の腰から下は奇妙なかたちに捩じれている。

　闇路が「お師匠!!」と繰り返し呼びかけながら、山伏をおのれの水泡で包む。捩じれた腰をなんとか元に戻そうと両手で摑む。山伏の鼻と口からは血が溢れていた。

「弟子のために片をつけようとしたらしいの。なるほど、彬匡の急の悪化は、これが原因か」

おそらく闇路の師と苛烈な闘いを繰り広げたために、彬匡の呪力は暴走してしまったのだ。

渦の底で、人影が蠢いた。葛は目を細めて赤い霧を透かし見る。

やはり彬匡だ。真っ赤に染まった襦袢は半ば脱げかかり、傷ついた肉体を晒していた。

「彬匡殿っ！」

葛の叫び呼ぶ声は聞こえていないようだった。両耳を掌で塞いでいる。赤い目が山伏と闇路へと向けられた。

闇路の水泡に赤い亀裂が走ったかと思うと、その背から血が噴き出した。身体をガクガクと震わせながらも闇路は師の腰を懸命に押さえつづける。

「ぁ……あ……っく」

このままでは、闇路も山伏も殺されてしまう——彬匡がまたふたりも殺めてしまう。殺めた数だけ、彬匡の魂は傷つく。いや、もう本当にボロボロなのだろう。

——傍にいれば、よかった。

どんな無理をしてでも、彬匡の傍にいればよかった。

後悔が胸を満たし、涙となって葛の目から溢れた。静かに、珀の手から手首を抜く。

「珀様、行ってまいります」

「……わかった。彬匡の動きを止められる時間は短い。よいな?」

「はい」

葛は自分の胸を抱くようにして、両手で巻物を握り締めた。

目の前で渦を巻く赤い霧。それに、さっと薄墨が溶かし込まれた。珀の影糸が霧と化して、彬匡の赤い粒子のひとつひとつを押し留めていく。

呪力の濃度が倍化して、部屋の大気は重い泥のようになった。視界がいっそう悪くなる。

葛はそのなかをもがくようにして進んだ。葛を包む水疱の膜が一歩ごとに痩せていく。

本来なら、同胞たちから四方位の神通力を送ってもらいつつ、おこなうはずだったことだ。

『彬匡が近づかせてくれる者があったとしたら、それはお前以外におらぬ』

珀はそう言って、この巻物を葛に渡したのだった。

『これを開いて、彬匡を包むのじゃ』

赤黒く停滞している霧がぶるぶると震えだす。背後で呻き声が聞こえた。前へと進みつつ、葛は背後を見た。珀を包む層はほとんど消えかかっていた。彬匡の呪力を封じ、さらに葛の水泡を維持することに、力を使い果たしているのだ。

焦燥感が身体の奥底から突き上げてくる。

葛は濁りの向こうの朧な人影へと手を伸ばし、呼びかけた。

「彬匡殿っ——彬匡殿！」

しかし、耳を塞いだままの影は反応しない。

あと数歩進めば、彬匡の視界に入ることができる。葛は肩をざっくりと斬られる感覚に身を跳ねさせた。珀が力尽きようとしていることが、霧が赤く染めなおされていくのでわかった。

左手で胸の巻物を守りながら、右手で霧を掻き分ける。手の皮膚を無数の刃物に傷つけられる痛みに奥歯を噛み締める。

「う、うぅうっ」

ここで倒れてしまえば、本当に彬匡はひとりぼっちになってしまう。そうして、赤い霧は江戸の町を包むだろう。数えきれない人間を、彬匡は殺めてしまう。

そんなことだけはさせたくない。

させたくないのに、無数の刃に阻まれる。身体のあちこちで熱い痛みが弾けだす。

「あき……まさ……」

力尽きかけたその時、真言を唱える野太い男の声が轟いた。珀のものでも、闇路のものでもない。ほんの一瞬だけ霧が薄くなる。前のめりになっていた葛は霧を突き抜けて、畳に勢いよく転げた。

「は……はぁ……」

肩で息をしながら上半身を起こした葛の、腕を伸ばせば届きそうな距離に、彬匡がいた。耳を塞ぐ彼の手や腕は筋をくっきりと浮かべてぶるぶると震え、いまにもおのれの頭蓋骨を砕かんばかりだ。頬には赤い涙が垂れている。

彬匡の周りだけは、台風の中心のように静かだった。霧も薄い。

赤く塗り潰された目は確かに葛へと向けられていたが、葛であるとはわかっていないようだった。ただ、一刀両断するのを躊躇っているらしく、睫がときおり揺れる。

「彬匡殿、葛です。お傍に参りました。彬匡殿を俺に救わせてくだされ」

聞こえないのを承知で懸命に話しかける。

胸元から巻物をそろりと抜くと、ただそれだけの動きが彬匡を刺激したらしい。葛の手の甲にビッと傷が走った。続けて、いくつもの傷が腕に走ったかと思うと、赤い霧がうわっと寄せてきて、大鎌のかたちを作った。

一撃で葛の命は消し飛ばされるだろう。

――かまわない。これさえ彬匡殿の身に巻くことができればっ。

葛は巻物の紐を解き、バッと拡げた。

そうして身体を跳ねさせた。鎌が鋭い角度で振り下ろされる。葛は腕を伸ばして彬匡に抱きついた。首筋が一瞬冷たくなって、それからひどく熱くなった。

最後の力を振り絞って、葛は鬼子母神《きしもじん》の画と真言の記された巻物で、傷つききった男の肉体を包んだ……。


充満していた霧が沈んでいく。

珀は寝所の壁や天井にびっしりと突き刺さった円形手裏剣を見る。山伏が彬匡との死闘で放ったものなのだろう。

その山伏と闇路は、折り重なるようにして畳に倒れていた。

珀は激しく息を乱しながら立ち上がる。霧はもう膝の高さに澱《よど》みのようにあるばかりだった。

「葛…」

部屋の中央の褥へと顔を向ける。そこには彬匡がいた。常態に戻った赤錆色の目を見開いている。彼の身体には、葛が抱きついていた。

「……、……」

珀の喉と心臓はビリビリと痺れた。霧に足を取られながら、彬匡へと近づいていく。

そうして、彬匡のすぐ近く、真っ赤に濡れた畳に膝をついた。着物に滲みてくる体液の、なまめかしいぬくもり。

珀は落ちていた「珠」を両手でそっと拾い上げ、袂で隠すようにして膝のうえで押しいだいた。確かな、いとしい重みを感じる。

「彬匡殿、我に返られたか」

珀は波打とうとする抑揚を制御して、語りかけた。

「そなたを救うことが葛の望みゆえ、わしがその想いを引き継ぎ、遂行いたす……これまで数多《あまた》の命を奪ってきたとおのれを責めておるのじゃろうが、それらはそなたの為したことではない」

彬匡は口がなくなったみたいに無言だった。珀は言葉を続ける。

「これはすべて、そなたのご母堂が為されたことじゃ」

……伊賀の里で、葛が珠籠で寝起きをするようになってから、珀はひとり屋敷に閉じ籠もり、呪術の書を端から紐解いた。そうしてついに、彬匡の能力に合致する血を介しておこなう禁術を見つけたのだった。

「確か、ご母堂が亡くなられたのは、七つのころであったな。そこから禍は始まったはずじゃ」

彬匡の唇がかすかに動く。

「母は……俺の禍、を受けて」

珀は首を横に振った。

「それは違う。ご母堂はおのが命を贄にして、呪術に長けた忍びの一派、九鬼神流に伝わる鬼子母神の禁術をそなたにかけたのじゃ。鬼子母神は、子を失う哀しみを知った鬼女が女神となったもの――ご母堂はおそらくずっと、嗣子であるそなたの命が狙われておるのを感じておったのだろう。いまとなっては事実は知れぬが、害意を向けられていると感じておったのじゃ」

彼女は命を供することで、子を守る女神となり鬼女となった。

それが却って呪いのごとく息子を傷つけるようになるとは、深すぎる愛ゆえに気づかず。

「――めし、い……」

彬臣は大きく喘いだ。

そして、首を失った少年の背を両のかいなで狂おしく掻きいだく。

「母上が恨めしいっ」

赤くはない、透明な涙がどっと彬臣の目から溢れた。

珀もまた、膝のうえのものを大切に抱きなおし、震える喉に力を籠める。

畳を舐めるようにしていた赤と黒の霧が、狂おしく波打つ。

その霧が消えゆくなか、珀の背後でゴキリと音がした。

肩越しに振り返ると、山伏が自身の腰を正常な位置に戻していた。彼は「闇路」と呼びかけて、倒れている弟子の頬をぴしゃりと打った。「うう…」と闇路が呻くのに、山伏は

安堵の表情を浮かべる。

そして、珀へと眠たげな目を向けてきた。

「うちの禁術だと見抜くとは、さすがだなぁ。伊賀の上忍、影繰りの珀」

「そなたは彬匡に禁術がかけられていると端から知っておったのか？」

山伏は蓬髪を大きく掻いた。

「知っておったら闇路に任せたりはせんかったわ。腕は立つが暴走グセのあるこやつの手に負えるわけがない。闇路の報告を聞いているうちに禁術だと気づいて、わしが調伏しようと参ったのじゃが、まぁとんでもなく強いご母堂の愛よの。見事に死にかけたわ」

「そういうわけか。死にかけておったなかでの援護、痛み入る」

葛を彬匡のところへと向かわせたときに、力尽きた珀の代わりに真言を唱えてくれたのは、意識を取り戻した山伏だったのだ。

「して、九鬼神流の禁術であれば、封じ方も知っておろう。巻物は一時しのぎにしかならぬ」

「封じ方を知っておったら、死にかけたりせなんだわ」

「……知らずに、闘いを挑んだのか？」

「わしの力ならどうにかなると、思うたんだがのう」

弟子が弟子なら師匠も師匠といったところか。珀はかすかに苦笑して、尋ねた。

「わしが紐解いた禁術書には、鬼子母神の禁術は九鬼神流にのみ完成の極意あり、と記してあった。なれば彬匡に禁術をかけしは九鬼神流の者のはず。その者でも解けぬのか？」

「鬼子母神の禁術をかけた者は、いまの九鬼神流にはおらぬ」

「どういうことじゃ？」

「あれは九鬼神流のなかでも一子相伝の禁術。その術を継ぎし者は、もう長いこと行方が知れぬ」

「……」

珀は、褥のうえで恋しい少年の亡骸《なきがら》を抱いて滂沱《ぼうだ》の涙にくれている青年へと顔を向けた。

山伏が身を寄せてきて、こそと耳打ちしてきた。

「のう、いまなら、あの化け物を打てるやもしれん。ここはひとつ手を組まぬか？」

閉じたままの睫を珀は揺らした。

そうして顔を伏せ、おのれの膝へと視線を落とす。

眦にかかる睫をしっとりと濡らした、一途な少年の目を見る。

終幕　つる草

江戸の中心地からかなり離れた、緋垣《ひがき》家下屋敷《しもやしき》。秋の夜風がそよりと吹く広縁を小走りに進んでいくと、空いた盆を抱えて楚々と歩いてくる女中に微笑まれた。

「珀《はく》殿なら、彬匡《あきまさ》様のところにおいでですよ」

「ありがとう」

笑みを返して、いっそう足を速める。角を曲がると、視界の右側に大きな欅《けやき》の木が現れた。その葉の一枚一枚は朱く燃え、まるで巨大なかがり火のようだ。

彬匡の居室の、庭と広縁に面する襖は開け放たれていた。そこに走り込む。

「珀様！」

珀が見上げるように顔を上げ、瞼を落とした目元をやわらげる。

「葛《かつら》、元気そうじゃの」

「はい。珀様もお変わりないようで」

葛が珀の横に正座すると、脇息に寄って片膝立てている彬匡が苦笑いをした。

「大袈裟な。たかが、ふた月ぶりだろう」

「ふた月は存外、長いものじゃ」

珀がしれと答えて、改めて葛へと顔を向ける。

「また少し背が伸びたかの。去年の夏のころと比べると、ずいぶんと大人びた」

その言葉を受けて、葛は少し強気のまなざしを彬匡へと向けた。

「珀様もこう申されております。もう、童のようだとからかわないでくだされ」

「童のような振り分け髪、よう似合うておるぞ」

「これは――」

葛は肩にかかるか、かからぬかの長さの髪に指先で触れた。そのまま、首に巻いてある薄緑色の平紐をいじる。それは「あの時」の傷を隠すように、三重に巻かれて項で結ばれている。

一度、この肉体から命が消えたことを明かす傷跡だ。

去年の夏の「あの時」、我を失った彬匡の身体を鬼子母神の巻物で包んだところで、葛の意識は途絶えた。そしてなにか長い夢を見たような心地ののちにふたたび意識が戻ったとき、葛は産女の社にいた。羽千媛《はちひめ》が涙しながら「お帰りなさいまし、葛様」と言って、幸せそうに微笑んだのを覚えている。珀もすぐ傍にいた。

その時、洗われたのかと葛はぼんやりと考えた。

けれども、背の無数の傷も、切られた髪も、首を断たれた跡も、そのままに残っていた。

藤爾《ふじちか》の記憶も、緋垣の桜も、彬匡への恋着も、なにひとつ失っておらず。

珀は葛を抱きしめて、苦しげな声で教えてくれた。

『お前を羽千媛に造りなおしてもらった。なれど、洗いはしておらぬ……葛、お前はまったく同じ魂で生き返ったのじゃ』

本当に、自分は以前の自分のままなのか。

その確かめようのない疑念から逃れることは、生涯できないのだろうけれども。

人の耐えることのできない完全なる死を行き来した苦しみの跡は、左のこめかみ近くの髪に、ひと房の純白として刻み残されていた。

『珀様、どうして──俺を洗ってくだされと…』

その問いかけに、珀はなにも答えなかった。

葛を生き返らせた珀は、伊賀の頭領に、「珠」とは違う務めを葛にさせる必要があることを強く説いた。緋垣彬匡にかけられた禁術の暴走を封じる、という役割だ。

彬匡の呪力で江戸全体が大混乱に陥りかねないと聞かされて、頭領は「切り札を伊賀が握るというのは悪くない話よ」と、むしろ積極的な戦略のひとつとして、珀の案を承認した。

伊賀の頭領と月室《つきむろ》の当主との話し合いも、藤爾が同席して自身の身代わりはもう必要ないと明言して当主の説得に当たってくれたために、つつがなく済んだ。

一方、彬匡のほうは、葛が造りなおされて江戸に上るまでのあいだ中屋敷の離れで、伊賀の上忍たちの張る高位結界のなかに封じられていた。『かならず、葛を連れて戻る』という珀の残した言葉に、信じられぬまま縋っていたらしい。珀に連れられて葛が現れたとき、彼はもう一度毀しかねない力で葛を抱きすくめたのだった。

それらの一連のことの結果、葛はいまこうして、彬匡とともに緋垣家下屋敷で暮らせている。屋敷の近くには美しい川が流れており、春になるとその川辺にはさまざまな色の花で咲き乱れる。葛は「神の御国」をそこに重ね見ることができた。

また、ここは月室家上屋敷からはずいぶんと離れているため、あたりに藤爾の容貌を知る者がいないのも好都合だった。知っていたところで、いまの藤爾と葛を見て瓜ふたつの容姿をしているとは気づきにくかっただろうが。

藤爾が月代を剃って安定感のある怜悧な青年らしさを身につけつつあるのに対して、目的のために散り去ることを知った葛のそれはやわらかな潔さを漂わせるようになっていた。

葛に与えられた務めは、この下屋敷で寝起きをともにしながら、彬匡が害意に過剰反応しないように彼の心を整え、もしも暴走してしまったときは鬼子母神の巻物で封じることだ。その両方をなし得る者はほかにはいない。

その仕事を遂げるためならば、たとえ別のモノになり果てようとも、幾度でも羽千媛に造りなおしてもらおうと葛は思う。

彬匡の禁術が解ける日まで……あるいは彬匡の命が尽きるその時まで。

「それにいたしても、彬匡殿。廃嫡を申し出て後悔はないのか？」

珀に尋ねられて、彬匡はいつまでも珀の横にいる葛に手招きしながら答える。

「かまわん。元よりどうでもよいものであったし、禁術のかかった身では、なあ？」

「異母弟の春匡《はるまさ》殿のご母堂と乳母は、諸手を挙げて喜んでおるのじゃろうな。とはいえ、そなたの禁術がある限り、上屋敷の結界は解けまいが」

彬匡にもっとも害意を向けているはずの、春匡の実母と乳母にどうして禍が起こらなかったのかを不思議に思った珀が調べたところ、緋垣家上屋敷には高位結界が常に張ってあることがわかった。

彬匡は当時正室だった生母が亡くなる七歳までは、上屋敷で暮らしていた。

彼の周りで禍が起こるようになったために中屋敷に隔離されたわけだが、その際、春匡の乳母の提案によって、上屋敷には力のある修験僧による結界が張られるようになった。

もしその結界がなかったら、とうの昔に春匡の実母と乳母は絶命していたに違いない。

「春匡に面倒を負わせて、悪いとは思うている。あれは、まっとうだからな。異母兄《あに》としてできる力添えがあるなら、するつもりだ」

彬匡が言うのに、珀が喉で笑う。

「ずいぶんと人がましいことを言うようになったのう」

「……うるさいわ」

葛は彬匡の横に膝をついたとたん、強い腕に腰を抱かれた。

「彬匡殿っ」

珀の前だからと身を離そうとすると、身体の芯から力が抜けてしまうようなことを、彬匡がのうのうと口にした。

「なにより世継ぎでおると嫁を取れと周りがうるさい。そんなものは葛ひとりで充分だからな」


「ふ……ぅ……」

吸われすぎて腫れた唇から、殺しきれずに甘えた吐息が漏れてしまう。

「せっかく——珀様が寄ってくだされて、いるのに」

畳のうえに横倒しに押さえつけられた葛の、剝き出しになっている肩は濃い桜色に染まっていた。幅の狭い腰をくの字に折り、帯から下の裾は臀部が覗くほど深く捲くられている。下帯もずるずるに崩されて、反った茎や双つの実はすでに露わだ。

葛の首の平紐を解きながら、彬匡が面白がる声音で言う。

「誘ってやったのに遠慮したのは奴だ。気にするな」

嫁が云々などと言って葛の抗う力を奪った彬匡は、珀の前で葛を畳に押し倒した。そうして葛の着物を荒っぽく剝きながら、「相伴《しょうばん》するか？」と珀に尋ねたのだった。珀は「今宵はやめておこう」と答えて立ち上がった……ほんの時折だが、珀は彬匡の誘いに乗って、口や手で葛を追い上げることがある。

いまも珀が閉じられた襖の向こう側にいるのが、気配でわかる。広縁に腰かけて夜の庭でも眺めているのだろう。

首にぐるりと残る傷を暴かれて、わずかに盛り上がっている接合部分を指でいじられると、葛の肩は前に閉じるかたちできつく竦む。

「ぁ…」

腰を捩って上体だけうつ伏せた葛の髪を、大きな手が逆撫でて除ける。項を横に断つ線を舌先でなぞられた。

頭のなかまで怖いぐらいぞくぞくとして、葛は畳を引っ掻く。

「こんな感じやすい場所を、人目に晒してはならんぞ」

葛は幾度も頷く。

他人から見れば不気味なだけだろうが、彬匡に命まで捧げた掛け替えのない傷だ。

項をしゃぶられながら巧みに下帯を下肢から取り除かれる。すでに硬くなってしまっている茎を握られれば、そこからじわじわと爛れた熱が全身に拡がる。

「葛、おのれのいちもつを見てみろ」

「……、…」

熱い頬を藺草《いぐさ》の青い香りのする畳に擦りつけながら、おずおずと視線を落とす。力強い手指に、赤く腫れた性茎が収められていた。身長が伸びたのに従って、葛のそこもまたひと回り成長していた。

彬匡もともに眺めながら、笑い含みに言う。

「ここがずいぶんと大人びてきたのは認めてやろう」

綺麗にめくれた恥皮を繰り返し、にゅ…にゅ…と鈴口に被せて遊ばれるうちに、先端の切れ込みから透明な蜜が糸を引いて垂れはじめる。

「漏らしやすさは、童並みか」

「も、漏らすなど」

「先日は本当に小水を漏らしたな。お陰で、ここの畳を取り替え――」

「彬匡殿っ」

葛は真っ赤になって、彬匡の口を掌で覆った。極まりすぎて粗相をしてしまったなど、珀には絶対に知られたくなかったが、聞かれてしまったに違いない。もしかすると、いまこのありさまも見られているのかもしれない。そんなことを考えてしまったせいで、葛の茎はよけいに硬くなってしまう。

「今日も粗相をしそうな勢いだな」

「しませ…ぬ」

横倒しになった葛の背後に、彬匡が身を寄せてくる。尾骶骨にぬるりとした熱くて硬いものが押しつけられる感触に、葛の臀部は丸みを強くして閉じる。その閉じた尻たぶを彬匡は両手で割り開いた。狭間に太い幹が差し込まれる。

「ぁ、ぁ」

脚のあいだを卑猥な方法で擦られて、葛は両手で口を塞いだ。

「いまさら珀がいるからと慎ましやかぶるのか？」

少しだけ苛立ったように彬匡が問う。

珀にはすでに、さんざん淫らな姿を知られている。しかし、そうであっても、彬匡とふたりきりで耽る、すっかり馴染んでしまった過剰に甘くていやらしい行為を知られたくはないと思う。

……珀は葛を欲しながらも、葛から緋垣城での記憶を奪わずに、彬匡とともに暮らせるようにしてくれた。『お前の望むことを叶えるのを、わしの歓びとしよう』という言葉のとおりに、おのれの欲より葛の望みを選んだ。

そんな珀に葛は日々感謝をしているし、頼もしく慕わしく感じている。

彬匡との関係を見せつけるようなかたちで彼の心を傷つけたくはない——その気持ちが

彬匡を苛立たせると承知しているのだけれども。

「――あ」

身体をうつ伏せにされて、反った茎が畳に潰される。咄嗟に腰をわずかに上げると、かたちが歪むほど双丘を握り開かれた。

暴かれた最奥の細やかな襞を、大きすぎる鈴口でぐにゅぐにゅと捏ねられていく。男の蜜で濡らされた蕾を抉じ開けられていく……衝撃に身構えるのに、しかし圧迫感がふっと消える。消えたと思ったとたん、また先端を挿れられかける。そして、すぐに抜かれる。

いいように翻弄されて、困惑した葛の蕾はわずかに口を開いたままわななないた。

その開いた部分を鈴口で叩かれる。

「うぅ……」

彬匡によって快楽にことさら素直になるように躾《しつ》けられてしまった葛の身体は、執拗な煽りに陥落してしまう。自制心の箍《たが》が緩む。

葛は震える両手を、おのれの臀部へと這わせた。

男の大きな手で捏ねられている双丘の底に、親指以外の指を置く。そうして蕾を八方向に引っ張った。なかの粘膜のいたいけな色を見せながら男を誘う。

「あきまさ、どの……早よう…お情けを」

泣きかけの眸で背後の彬匡を見返り、唾液に濡れそぼった唇でねだる。

「大きな御いちもつで、たんと掻き混ぜてくだされ」

閨房術の指南で珀に教わった言葉が口をついて出る。

「早よう、お腹いっぱいに……くだされ」

「――お前は」

彬匡はぶるっと身震いすると、葛の身体を半回転させた。

仰向けにされた葛は、両の足の裏で畳を踏みしめて、腰を上げた。犯してくだされと、蕾を晒し、差し出す。

彬匡はなかば自失した面持ちで葛の腿のあいだに腰を差し込むと、ずぬぬぬっと太い幹を根元まで突き入れた。欲しいものをもらえて、葛は呼吸もあやふやになる。

すぐに荒々しい揺さぶりが始まる。

「や、っ…ぁ、ああ……、そんなに強う…されたら、毀れてしま……ん、んッ」

交合の行為に溺れながら、葛はもはや発情の声を隠そうとはしなかった。

それどころか、珀が入ってきてくれればいいと爛れた心で念じてすらいた。

珀に苛んでもらえれば後ろめたさが癒されるせいもあったが、もしかするともっと貪欲ななにかが葛のなかに芽生えはじめているのかもしれなかった。

しかし、襖は開かない。

彬匡は葛の肉の薄い脚を肩に乗せたり、腰骨が毀れてしまいそうなほど腿を押し開いたりしながら、結合の具合をしきりに変えていく。そうして嗚咽が止められなくなるほど葛を恥ずかしがらせ、善がらせた。

ずぬっずぬっと重く擦られつづけている粘膜を、不安定な漣が襲う。いや、粘膜ばかりではない。剝き出しになった火照り色の肌はどこも、小刻みに震えている。

膝が胸につくほど身体を折りたたまれて、大きな振幅で男を叩き込まれていく。

「あ、ぁぁ、もう……、もう」

ついに葛は極まって腰を震わせ──ビクッと全身を跳ねさせた。

「え…?」

俯くかたち、おのれの下腹を見る。彬匡の腰が臀部に打ちつけられるたびに、限界を迎えた茎は根元から激しく揺れる。その狂おしくヒクつく先端の小さな孔に、黒い影が流れ込んでいるのを葛は見つける。

「あ──っ！」

熱く痙攣する茎の中枢を通る、細い道。そのなかを先端から根元へ向けて、くうぅっと異物が入り込んでいく。深くまで貫いて、それはのたくった。

「い、や……や、や、ぁ、ふっ……あーっ」

葛はおのれの性器へと両手を伸ばした。

なかで蠢くものを抜こうと、鈴口の切れ込みを指で押し拡げる。しかし影を摑むことはできない。異変に気づいた彬匡が動きを止める。

「どうした、葛？」

「う……うぅー」

まともな言葉を話すことができず、葛は尿道の口を指先で抉っていく。抉るたびにその刺激自体で身体がビクンッビクンッと跳ねる。

葛の茎に螺旋状に巻きつく影の糸を目にした彬匡は、

「——素直に相伴すればよいものを」

閉じられたままの襖を横目で睨み、苦い声で呟いた。

二箇所の粘膜を貫かれて、葛は上下の歯をきつく嚙み合わせる。「い」の口のかたちで堪えていると、口の両端から彬匡が親指を差し込んできた。頰を掌で包むかたち、臼歯《きゅうし》を抉じ開けられる。

唇が触れ合い、葛の口腔に熱い舌が差し込まれる。彬匡が滾った様子で、舌と腰をぐちゃぐちゃに使いだす。

三箇所の粘膜を同時に漁られ、葛は全身を強張らせて痙攣した。

襖の向こうから、艶《えん》を帯びた珀の声が響く。

「抗わずに、すべてを開いておればよい」

「う、ふ……っ、……」

堪えられる限界域を超えて、葛の身体の表面から力が失われた。

人形のように揺さぶられながらも、後ろの孔は男の律動に合わせておのずとうねり、茎の中枢は収斂《しゅうれん》を起こす。緩んだ舌を彬匡に咥えられ、ぬるぬると扱かれていく。

身体の芯が煮え崩れていく。

――れる……ほんに、毀れる…っ…。

記憶は途絶えているけれども、あの本当に毀された瞬間を、肉体は覚えているらしい。

高い崖を延々と落下していくような切羽詰った感覚に、葛の粘膜はもの狂おしくわななき、男に吸着した。

「葛…ッ、葛」

彬匡は繰り返し名を呼ぶと、陰茎をいったん引き抜いた。そうしてきつく締まってしまった粘膜の道を、一気に貫ききった。

「……、……、……」

彬匡も葛も動きを止めた。

深く嚙み合った互いの器官が、苦しく蠢く。空白によく似た、濃密すぎる数拍。

ドッと。

熱い奔流が葛の奥深くを激しく打った。

彬匡が吐精している鈴口を、葛の快楽の凝りに擦りつける。

「——！」

性茎の内側がカッと熱くなった。一気に影糸が引き抜かれていく。

彬匡と珀のふたりに極限よりさらに極めさせられて、葛は声にならない悲鳴を上げた。上気した全身が波打ち、手足がでたらめに跳ねる。

そして、はたりと静かになった。

痛々しく腫れた先端の赤い実は、葛が気を失ってなお、真っ白い粘液をしとどに溢れさせつづけた。


秋風が肌をさわりと撫ぜる。フ…とついた自分の吐息で、葛は目を覚ました。

畳のうえで丸まるように眠っていた彼の身体には、彬匡の着物がかけられていた。身体が綺麗になって着物が整えられているのは、おそらく珀の手によるものだろう。

身体の芯はいまだに淫蕩の余韻にじくじくと熟んでいる。

だるく身を起こすと、広縁で珀と酒杯《しゅはい》を傾けていた彬匡が振り向いた。

「まるで寝起きの童だな」

いつものように、からかわれる。

からかわれてもこの髪の長さのままにしてあるのは、藤爾との外見の差をつけておいたほうが得策だということもあったが、それ以上に、自分にも彬匡にも「あの時」のことを忘れさせせないためだった。

彬匡は暴走しないように心を整え、葛は彬匡の力を封じるために彼に尽くす。

乱れ髪にゆるりと手櫛《てぐし》を入れると、からかったくせに、彬匡は目元を少し赤くして視線を逸らした。

仕種に情事の名残が滲んでいるらしいことを教えられて、葛もまた項を染める。

そこに、珀がこれまた意地の悪いからかいを入れてきた。

「して、彬匡殿の心具合はどうじゃ？　種をたんともらったであろう」

彬匡の体液だけは読み解けなかったことを遅ればせながらに告白したとき、珀にひどく叱られた。二度と大切なことは隠し立てしないようにと誓わされた。

「……彬匡殿のお心は、いまのところつつがないかと」

それも鬼子母神の禁術の効果なのか、相変わらず詳細は読み解くことができない。しかし、以前のようなどうしようもない孤独感や寂しさは伝わってこなくなった。

代わりに、彬匡が自分へと向けてくる、もの狂おしい情を感じる。

葛の身体が過剰すぎる反応をしてしまうのは、そのせいもあるのだろう。

「なにゆえ、顔を赤うする？」

「な、なんでもありませせぬ」

ふたりのやり取りを眺めていた彬匡が、しみじみと呟く。

「それにしても、人の心が筒抜けになるとは、不可思議な力だな」

珀が可笑しそうに眉を開く。

「不可思議はそなたも同じじゃ。禁術が解けたときには、おそらくそなたの心も葛に筒抜けになろうが——楽しみだの。そなたの本当を知って、葛がどう感ずるか」

「俺の本当、か」

彬匡が酒盃を覗き込む。

「厭われるだろうな」

彬匡が眸を暗くするのに、葛は慌てる。不安の種を育てさせてはいけない。

葛は柱に背をもたせかけている彬匡の横に這い寄った。きちんと正座して告げる。

「どのようであろうと、決して厭いませぬ」

しかし、彬匡は無言のまま杯を飲み干す。

「彬匡殿、本当に」

……彬匡はおのれの意思で人を殺めたわけではない。しかし、彼に宿る力がそれを為したのは、まぎれもない事実だった。積んでしまった悪業《あくごう》はいまでも彼を苦しめている。今年に入ってから、彬匡はこの下屋敷の敷地の一角にお堂を建てた。

仏像のひとつも置いていない簡素なものだが、彬匡はよくそこに籠もる。

お堂を建てたのは桜の木のすぐ横だった。彬匡は語らないけれども、おのれが桜の花のように散らしてしまった命のために祈っているに違いなかった。

そんな彬匡を厭うわけがない。

でもそれをいくら言葉で伝えたところで、彬匡の心がなんらかの納得を得るまでは、伝わりきることはないのだろう。

いま葛にできることは、すべてを受け入れていることを肉体で示して安心してもらうことぐらいだった。彬匡もまた、そうやって安心することを強く望む。

まずい種を撒いたと珀も気づいたらしい。彼は軽く咳払いすると、彬匡の杯に酒を注いだ。そして、庭の欅の木へと顔を向けた。

「葛は名のとおり、つる草じゃ」

葛も顔を上げて、悪業の猛火《みょうか》のごとく赤く燃える大木を見上げる。その逞しい幹や枝には、つる草が螺旋状に絡みついている。

「頼りなく寄生する身なれば、欅なくしてつる草は生きられぬ」

彬匡の目も、大樹へと向けられた。

「それと同様に、葛はそなたから離れられぬ。そなたが不要と断ち切らぬ限り、ともにあるだろう」

――頼りなく寄生する……。

確かに、そうだ。

元より藤爾という存在に寄生するかたちで生を受けた。

自分が自分のために生きることを想像しても、そこに意味を見出すことができない。彬匡の傍で役目を得ているいまこそ、生きていることを実感し、感謝できる。

それはもしかすると「珠」の特質ではなく、葛固有の性質なのかもしれないけれども。

しかし、改めて考えるといかにも頼りないように思われて、葛は悄然と項垂れる。

その下方に向けられた視界で、大きな手が杯を板床に置き、探るような動きをした。ぼんやり見ていると、それは葛の指に触れた。

そのまま、ぶっきらぼうな動きで手を握り込まれた。

葛は瞬きをして目を上げる。彬匡はまるでなにもないかのような横顔を、相変わらず欅へと向けていた。長い沈黙ののち、彬匡がぼそりと言った。

「俺は昔、大樹に雷《いかづち》が落ちたのを見たことがある」

彬匡の指が、葛の手指をかすかに撫でるように動く。

「樹には大きな亀裂が走って、黒く焦げた。もう枯れるばかりだろうと誰もが思っておった――なれど、樹は生き長らえた」

「……なにか、手当てを？」

興味を引かれて尋ねると、赤錆色の目が見返してくる。

「その樹に鬱陶しく蔓延っていたつる草が、裂けて倒れるのを防いだのだ。つる草の手当てのお陰で、樹はいまも緋垣家の上屋敷に悠然と立っている」

「………」

彬匡は少々、照れたような気まずいような表情をして、視線を逸らした。

酒杯を取ろうと離れゆく手を、葛は自分から追った。しっかりした太さのある薬指と小指を捕まえて、握り込む。

彬匡の肩の線が一瞬震え、それからやわらかく緩んだ。

そんなふたりの横で、闇に焔を上げる欅へと顔を高く定めたまま、珀が呟く。

「其《そ》は、睦《むつ》まじい話じゃの」

了

あとがき

こんにちは。沙野風結子《さのふゆこ》です。

プラチナ文庫さんでの初めてのお仕事は、忍者モノとなりました。しかもちょっと妙な設定なので、担当さんにダメ元で打診したのですが、すごく好感触で飛びついていただけて実現しました。

忍者もですが、江戸時代設定も初めて。セリフなど、時代っぽさを出しつつ、あまり読みにくくないラインにしようと悩みつつ書きました。いろいろと難しくて、ちょっと魂が削れましたが、自分なりにベストをつくして書きたいものにチャレンジできたように思います。

問題は、読んでくださった皆様に愉しんでもらえるかどうかですね。毎回、緊張です…。

時代モノ・特殊設定ならではの濡れ場は、それはもう書いていて愉しかったです。忍者モノは、夢いっぱいのエロが埋まっていますね。もっと、あれこれ極めてみたいです。

葛《かづら》と彬臣《あきまさ》と珀《はく》の三角関係については、だからショートケーキに乗ってる苺は食べるべきときに食べちゃわないとね、と珀に言いたいです。江戸にショートケーキはないけど。

イラストをつけてくださった朝南《あさなみ》かつみ先生、ありがとうございます。独特の色香のある絵もさることながら、アングルがひとつひとつ面白くて臨場感があって、ドキドキします。彬匡の素晴らしい肉体美に萌えつきました。厚みのある腰がたまらないです。そして、ひそかに羽千媛《はちひめ》が気に入っていたので、先生の絵で拝むことができて幸せでした！

担当様、今回もたいへんお世話になりました。某社では獣姦モノを実現させてくださり、今回は斜めった忍者モノを書く機会を与えてくださり、感謝しきりです。お陰で、勇気をもって力いっぱい妙なものに取り組めています。これからもよろしくお願いいたします。

さて、この忍者モノですが、実は三部作の予定です。宙ぶらりん生殺しの珀はどうなるのかとか、彬匡×葛にも波乱が訪れたりと、ひとつの流れを描けたらと思っています。発刊予定は二〇一二年ごろになっておりますので、興味のある方は心の隅に留め置いてくださいませ。

また、プラチナさんの抽選プレゼント小冊子のほうに、珀が葛に閨房術の指南をする話を載せていただく予定ですので、いたいけな葛（というか、珀のエロ視点）をご覧になりたい方はチェックしてみてくださいね。

それでは、ちょっと厚めのこの本に最後までお付き合いくださった皆様、本当にありがとうございます。お疲れ様です。

どこか愉しんでいただける部分があったことを、心から祈っております。

http://kazemusubi.com

Platinum Label

つる草《くさ》の封淫《ふういん》

プラチナ文庫をお買いあげいただき、ありがとうございます。
この作品を読んでのご意見・ご感想をお待ちしております。

★ファンレターの宛先★

〒102-0072　東京都千代田区飯田橋3-3-1
プランタン出版　プラチナ文庫編集部気付
沙野風結子先生係 / 朝南かつみ先生係

各作品のご感想をWEBサイトにて募集しております。
プランタン出版WEBサイト http://www.printemps.jp

著者――**沙野風結子**(さの ふゆこ)
挿絵――**朝南かつみ**(あさなみ かつみ)
発行――**プランタン出版**
発売――**フランス書院**
〒102-0072　東京都千代田区飯田橋3-3-1
電話(営業)03-5226-5744
　　(編集)03-5226-5742
印刷――誠宏印刷
製本――小泉製本

ISBN978-4-8296-2461-6 C0193

プラチナ文庫
Platinum Label

P2460

●好評発売中！●

閉ざされた常世《とこよ》
Presented by 西野 花
イラスト／東野 海
兄さんが好きすぎて
おかしくなりそうなんだよ
古き因習が支配する村で生まれ育った兄弟、楓と昭宇。昭宇は、
村の神子に選ばれて以来、自分を拒絶するようになった異母
兄の楓に、昏い情念を募らせていたが――?